Lyn L. Hunter

Moonlight Captivity

Die Ketten deiner Freiheit

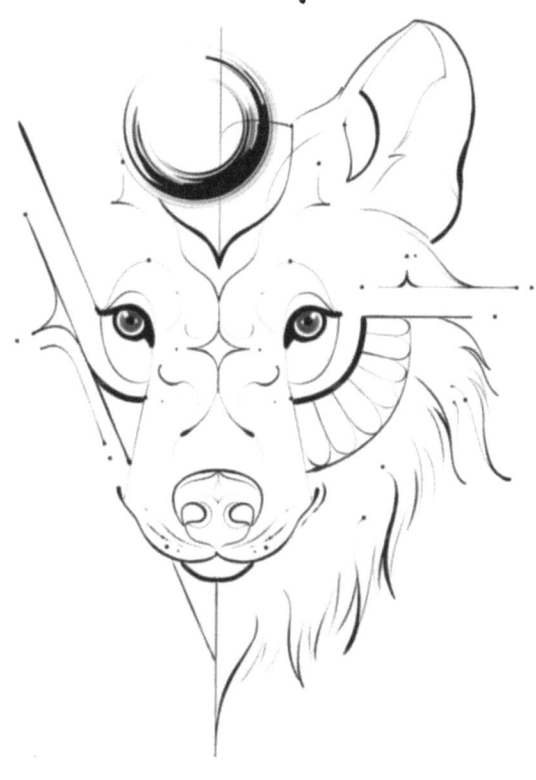

1. Auflage

Copyright: Lyn L. Hunter

Bildmaterial: Lyn L. Hunter

Korrektorat: Lyn L. Hunter

Verlag: BoD · Books on Demand GmbH, In de Tarpen 42,
22848 Norderstedt
Druck: Libri Plureos GmbH,Friedensallee 273,
22763 Hamburg
ISBN: 978-3-7597-3705-2

MIX
Papier aus verantwortungsvollen Quellen
Paper from responsible sources
FSC® C105338
FSC
www.fsc.org

Über die Autorin:

Lyn L. Hunter ist eine junge Autoren aus dem Süden Deutschlands, sie ist begeisterte Leserin und Künstlerin. Ihre Lieblings Genre in denen sie liest und schreibt sind Dark Romace, Fantasy und Dark Romantasy.

Folgt mir auf Tik Tok

Triggerwarunng

Sexualisierte Gewalt, Entführung, Knife Play, Fesselungen, Mord, Verlustängste, Dominanz, Unterwerfung, Gewalt, Blut.

Wenn du dich emotional nicht bereit fühlst lese diesen Band gerne zu einem späteren Zeitpunkt.

Katelyn:

Ich schaue auf die Uhr es ist 12:37, nur noch ein paar Minuten und ich habe Feierabend. Das Bistro war heute wieder voll und ich merke jeden kleinen Muskel in meinem Körper. Pünktlich ziehe ich meine Schürze aus und lege sie in meinen Spinnt. Seit meinem Abschluss arbeite ich hier um mein Studium finanzieren zu können. Mein Traum ist es eine erfolgreiche Grafikdesignerin zu werden, ich studiere nun schon seit ein paar Monaten und jeden Tag stehe ich mit einem Lächeln im Gesicht auf und freue mich das ich meinem Traum jeden Tag ein Stückchen näherkomme.

Ich setze mich auf mein Fahrrad und fahre die wenigen Kilometer nach Hause. Schon bevor ich die Tür öffne dröhnt vom inneren laute Bässe nach außen. Meine Mitbewohnerin und beste Freundin Rubi ist eine verrückte frohe Natur. Sie lebt jeden Tag als ob es der letzte wäre. Heute ist ein ganz besonderer Tag für sie, sie wird ihren Eltern ihre Partnerin Michelle vorstellen, die beiden sind seit bald einem Jahr ein Paar und ihre

Eltern wissen bis heute nicht das ihre Tochter kein Händchen für Männer hat. Sie hatte mich schon vor ein einigen Wochen gefragt ob ich ihr bei diesem wichtigen Schritt beistehen würde. Bei dem Gedanken mit ihren Eltern die einer der erfolgreichsten Immobilienmakler hier sind und dem immer noch frisch verliebten Pärchen einen ganzen Abend zusammen zu verbringen dreht es mir den Magen um. Ich bin kein Mensch der gerne unter Leute geht, ganz im Gegenteil ich bin eher für mich und Lese ein gutes Buch und verliere mich in den Geschichten anderer, ich hatte in meinen jungen Jahren bisher auch nur einen Partner aber wie das ist hat es nicht lange gehalten. In meinen eigenen Gedanken verloren bemerke ich gar nicht wie mir Rubi zwei verschiedene Outfits vor die Nase hält.

"Erde an Kate, bist du da!"

Ich schüttele meinen Kopf und fasse einen klaren Gedanken, ich schaue mir beide Outfits an, das eine ist ein Mintgrünes locker schwingendes Sommerkleid, das andere ein Blauer Zweiteiler bestehend aus einem Body und einem Rock.

"Rubi du wirst in beidem toll aussehen."

Ich mache mir nie wirklich Gedanken um Mode denn ich bin der Meinung man kann seine Zeit anders verbringen als vor dem Kleiderschrank. Rubi gibt mir einen Schubs und sieht mich zornig an.

„Ich kann doch nicht beides zusammen anziehen, kannst du mir bitte helfen."

Ich streichele mir über die Stelle an meinem Oberarm und überlege was die beste Antwort wäre.

„Wenn wir in ein Restaurant gehen was keine Terrasse hat würde ich das Kleid anziehen, wenn du lieber auf die Terrasse willst solltest du den Zweiteiler wählen."

Ich bin ganz zufrieden mit meiner Antwort und Rubi scheint es auch zu sein denn sie wählt das Kleid und sucht dazu ein paar passende schuhe.

Im gleichen Moment klingelt es an der Tür anhand des Klingelns weiß ich das es Michelle ist denn die zwei haben ausgemacht das sie zweimal klingeln soll, wenn sie da ist.

"Ich gehe schon an die Tür, mach dich ruhig fertig"

Ich rufe meiner besten Freundin zu und gehe an die Tür.

Michelle ist wie ich eher der sportliche Typ aber selbst sie hat sich heute viel Mühe gegeben, sie trägt ein Petrol farbigen Jumpsuit der ihre Kurven perfekt zur Geltung bringt.

"Hallo Michelle du siehst wunderschön aus, Rubi ist in ihrem Kleiderschrank."

Wir umarmen uns zur Begrüßung und schon tänzelt sich glücklich in Richtung Kleiderschrank. Ich selbst schnappe mir meine Sachen die ich mir bereit heute Morgen bereitgelegt habe und gehe ins Badezimmer. Nach der ganzen Arbeit heute dusche ich ausgiebig und massiere meine verspannten Muskeln. Ich trete aus der Dusche und fange an meine Haare zu einem unordentlichen Dutt zu Stylen. Zum Schluss trage ich noch ein wenig Make-Up und Mascara auf, einen rosa Lippenstift und mein Look ist vollendet. Ich ziehe mich an und trete aus dem Bad um meine Schuhe zu holen. Im Gegensatz zu den beiden verliebten zeige ich weniger Farbe. Ich trage eine schlichte Schwarze Jeans und dazu ein weißes Top und eine schwarze Weste dazu. Ich höre die beiden lachen als ich auf dem Weg in meinem Zimmer an der Küche vorbeikomme in der sich die beiden aufhalten um ein Glas Sekt zu trinken. Fertig gerichtet geselle ich mich zu den beiden und schenke mir selbst ein Glas Sekt ein.

Lachend und in entspannter Stimmung leeren wir unsere Gläser als pünktlich unser Taxifahrer klingelt.

"Mädels lasst uns den Abend Rocken egal was passiert"

Ich schaffe es mit meinen aufmunternden Worten die jetzt immer mehr steigende Anspannung zu lockern. Schweigend fahren wir die einstündige Fahrt zum Restaurant.

Wir kommen als erster an unserem reservierten Platz an und ich versuche ein Gespräch zu beginnen.

" Wart ihr jemals schonmal in so einer Location"

Ich mache eine ausladende Geste die das ganze einschließt. Beide schütteln den Kopf. Normal ist es nicht üblich für uns außerhalb unserer Küche zu essen. Gerade als ich das Gespräch wieder aufnehmen will sehe ich Rubis Eltern auf den Tisch zu kommen. Wir erheben und alle und ich schließe beide in den Arm.

"Guten Abend Eliza du siehst wunderschön heute aus"

Ich umarme Rubis Mutter und wende mich dann ihrem Vater Zayn zu, wir umarmen und kurz und gerade als ich mich setzen will bemerke ich wie ich beobachtet werde. Es ist dieses mulmige Gefühl in meinem Bauch das mir verrät das mich jemand länger anschaut als ich es gewohnt bin. Ich schaue mich unauffällig um und da sehe ich sie leuchtend Blaue Augen die mich intensiv anstarren. Einen langen Augenblick kann ich mein Blick nicht von diesen Augen abwenden, bis mich Rub mit ihrem Ellenbogen in die Rippe stößt.

"Au, das tat weh ich habe mich nur ein wenig umgeschaut."

Ich schaue Rubi mit einem kurzen bösen Seitenblick an nur um dann zu sehen das sich Michelle, Eliza und Zayn ganz vertieft in ein Gespräch sind.

Ich Atme erleichtert auf und Setze mich auf meinen Stuhl und versinke in der Speisekarte. Als wir alle unsere Bestellungen aufgegeben haben, versucht mich Eliza in ein Gespräch zu verwickeln.

Wie immer geht es bei ihr um das Thema Hochzeit und wann es denn bei mir so weit ist, ich gebe ihr wie immer die gleiche höffliche Antwort.

" Ich bin mitten im Studium Eliza ich will warten bis ich meinen Abschluss habe."

Der Kellner bringt uns unser Essen und ich weiß ich habe jetzt für ein paar Minuten Zeit mir meine nächsten Antworten auf ihre kommenden Fragen zurecht zu legen.

Ich esse mein letztes Stück Fisch und schon kommt die Nächste Frage.

„ Du weiß es ist wichtig das eine Frau ein Mann hat der für sie Sorgen kann, wozu brauchst du dann dieses Studium, ich habe einen Kollegen in meinem Büro den könnte ich dir vorstellen."

Ich höre ihr nur noch halb hin denn ich merke wie es in mir anfängt zu brodeln und ich fange an zu Schlucken denn ich will diesen Abend nicht ruinieren in dem ich ihr sage sie soll sich ihren Kollegen sonst wo hin Stecken. Ich schaue auf meine Armband Uhr und merke wie spät es ist. Ich stehe auf und sage in die Runde:

„ Entschuldigt mich bitte aber ich muss langsam nach Hause, ich habe die Frühschicht morgen."

Ich nehme alle nacheinander in den Arm und gebe Rubi einen Kuss auf die Wange und flüstre ihr ins Ohr wie glücklich ich bin das es so gut funktioniert. Als ich die Tür des Restaurants schließe schaue ich in den Klaren Nachthimmel und nehme ein Paar tiefe Atemzüge, doch ich merke das es meine Wut nur noch mehr angestachelt wird umso mehr ich versuche mich zu beruhigen. Ich laufe in Richtung Straße um mich auf den Weg nach

Hause zu machen. Ich habe beschlossen zu laufen um ein wenig zur Ruhe zu kommen.

"Wie kann sie es wagen mir solche Vorwürfe zu machen" Ich trete kleine Steine durch die Straße und spiele mit meinem Hausschlüssel, ich komme an einer dunklen Corvette vorbei und bin mir sicher, dass es Eliza ihre ist. Sie prahlt immer wie teuer ihr Auto doch war.

Bevor ich mich bremsen kann, nehme ich meinen Schlüssel und zerkratze ihr Auto und zersteche ihr einen Reifen nach dem anderen. Gerade als ich mich den letzten beiden zuwenden will, erscheint ein Licht in der Straße, erschrocken lasse ich mein Handy fallen und verstecke mich in einer Seitengasse und laufe in die andere Richtung davon, laufe bis ich an einer viel befahrenen Straße angekommen bin und nehme mir ein Taxi und fahre nach Hause.

Zu Hause angekommen fällt mir auf, dass ich mein Handy habe fallen gelassen.

" Verdammt, wie konnte ich nur so dumm sein und mich meiner Wut hingeben."

Ich nehme mir vor morgen zurück zu gehen und nochmal an der Stelle zu suchen wo ich es habe fallen lassen.

Erschöpft von dem Tag Falle ich in deinen tiefen unruhigen schlaf verfolgt von blauen Augen.

Janden

Jede Woche immer der gleiche Ablauf; tagsüber der höffliche und geschäftige Alpha, abends der sadistische dominante Wolf der gerne mit seinen Opfern spielt.

Heute ist Freitag und es steht wieder einmal ein langweiliges Abendessen mit meinem Bruder, meinem Beta und dem Alpha und Beta eines benachbarten Rudels an. Jede Woche treffen wir uns um gelegentliche Pläne oder besondere Vorkommnisse zu besprechen. Wir sind Stammgäste in diesem Restaurant in dem sich viele unseresgleichen Treffen da es sehr Zentral liegt und in diesem Ort von jedem gefunden werden kann. Also sitze ich wieder hier in meinem Beigen Hemd und mein dazu passende Anzughose und ein Paar schwarze Lackschuhe dazu. Ich schaue mich um und knüpfe eine

Gedankenverbindung zu meinem Bruder Saren.

"Saren was werden wir nachher mit unserem kleinen Spielzeug anfangen"

Ich spüre den Blick meines Bruders auf mir, ich Blicke zu ihm und sehe das leuchten in seinen Smaragd Grünen Augen. Es sagt mir das er den gleichen Gedanken gehabt hat.

"Lass und schauen wie artig sie gewesen ist und bleiben heute spontan."

Ich schaue ihn mit dem gleichen intensiven Blick meiner Jade blauen Augen an und ein kurzes böses Grinsen huscht über meine Lippen. Ich erinnere mich, unser kleines Opfer, wie hieß sie noch gleich ...... stimmt Hannah, ein junges Menschen Mädchen mit süßen 20 Jahren, sie war leicht zu überreden sich uns hinzugeben, was mit der Zeit aber sehr langweilig geworden ist, aus dem Grund haben wir ihr heute einer unmöglichen Herausforderung gestellt.

Sie ist gefesselt an unseren Goldenen Ketten und trägt ein massives Halsband und eine Maske die sie nichts sehen lässt, alles natürlich verschlossen. Wir wollen ja nicht das die süße Hannah auf die Idee kommt vor ihren bösen dunklen Wölfen zu fliehen. Wir haben ihr heute Morgen etwas Wasser und Obst gegeben und sind dann aufgebrochen um unseren Aufgaben als Alphas nachzugehen.

Als ich heute Morgen die Tür geschlossen habe zu unserem Keller habe ich ihr gesagt:

"*Bleib anständig und beschmutze nicht unsere Fliesen, du wirst sonst alles auflecken und wir werden dich bestrafen."

Ich ersehne den Moment mir die Kleider vom Leib zu reißen und der kleinen süßen Hannah zu lehren was es heißt mir nicht zu gehorchen. Denn sie hat keine Ahnung wo das Wasser steht und sie wird es verschütten dafür habe ich gesorgt.

Ich schüttele den Kopf und schiebe den Gedanken nach hinten als mein Beta Razan mich anspricht aufgrund eines Lecks an der Grenze.

" Die neuen Wachen werden in wenigen Wochen bereit für ihre erste Patrouille sein, dann wird diese Leck beseitigt sein."

Die anderen nickten mir zu und wir widmen uns endlich dem entspannten Teil des Abends und wir bestellen unsere Essen. Ich winke dem Kellner herbei und gebe ihm unsere Bestellung. Ich hatte etwas vergessen, also stand ich auf und ging in Richtung der Küche.

Auf dem Weg dorthin schaute ich mich um und beobachte all diese Menschen bei ihren belanglosen Taten. Mein Blick ist schon fast bei den Küchentüren als ich eine Feuerrote Mähne erblicke, sie ist anders als all die Menschen, ihre Augen suchen die Meine und ich erkenne was so anders ist. Der Blick ihrer Grauen Augen schmilzt nicht einfach dahin nachdem sie mich erblickt hat, sondern sie schaut intensiv in meine Richtung, bis sie von ihrer Freundin unsanft in die Rippe gestoßen wird. Ich schaue ihr noch einen kurzen Moment nach und schiebe den Gedanken beiseite der sich in mir gerade breit macht und Teile dem Kellner meine Änderung mit. Am Tisch zurück gekommen baue ich eine Gedankenverbindung zu meinem Bruder Saren auf.

Saren

Ich habe sie gesehen, diese Haare und diese Kurven, sie ist perfekt und was ich mit ihr anstellen könnte, meine Gedanken gehen auf Wanderschaft und ich stelle mir vor wie sie in meinem goldenen Käfig sitzt und mich anbetteln das ich sie mir nehme. Ihre roten Haare sind so ein Kontrast zu den schwarzen Sachen die sie trägt. Auch mein Bruder hat sie entdeckt und mustert sie intensiv, doch was mich wundert, sie ist nicht wie all die Püppchen die anfangen zu sabbern, nein sie bleibt standhaft.

Ich spüre alleine durch die Entfernung das Feuer was durch ihre Adern fließt. Viel zu schnell wendet sie den Blick ab und widmet sich ihrer Freundin zu.

Im selben Augenblick kehrt Janden zurück und er merkt an meiner Reaktion das ich den kleinen Phönix auch entdeckt habe.

"Sie wäre perfekt für uns Bruder"

Ich höre die Worte in meinem Kopf durch die Gedankenverbindung mit meinem Bruder. Mir grollt ein zustimmendes Knurren aus der Brust, das aber nicht laut ist und nur die Wölfe in diesem Restaurant mitbekommen können.

"Oh ja das wäre sie, diese Feuer wird nicht leicht zu bändigen sein."

Es wird nicht leicht werden an sie ran zu kommen, ich versuche mit meinem Gehör irgendetwas über sie herauszufinden aber das ganze Gespräch dreht sich nur darum wann sie einen Mann findet. Ich schmunzle darüber wie Absurd das klingt denn sowas war früher wichtig doch aber nicht mehr in der heutigen Zeit wo auch Frauen Kariere machen.

"Diese Alte Lady bedrängt sie einen Mann zu finden."

Ich weiß das mein Bruder das Gespräch mitbekommen hat aber ich musste ihm diese Absurdität einfach mitteilen falls er es doch nicht mitbekommt hat als er mit unserem Beta ein paar Daten geklärt hat.

"Wie zufrieden sie doch wäre, wenn sie gleich zwei Starke erfolgreiche Männer hätte."

Wir verkneifen und beide ein Lachen um keine Aufmerksamkeit auf uns zu ziehen.

Minuten vergehen ohne Vorkommnisse bis ich im Augenwinkel sehe das der Phönix aufgebracht das Restaurant verlässt und in der Nacht verschwindet.

Etwas enttäuscht wende ich mich wieder dem Gespräch

zu.

"Wir werden sie finden da gebe ich dir mein Wort, so groß ist diese Stadt nicht."

Wir essen schweigend unser Abendessen und danach verabschieden wir uns voneinander und gehen getrennte Wege. Mein Bruder sein Auto steht direkt vor dem Restaurant, meiner ist ein Stück entfernt.

"Nimmst du mich ein Stück mit zu meinem Auto Bruder."

Mein Bruder lacht und hält mir wie ein Gentleman die Tür auf.

"Natürlich mein Sonnenschein wo darf es denn hin gehen?"

Lachend und knurrend steige ich ein.

"Der Abend ist doch bestens gelaufen und wir konnten alles ohne Probleme regeln können."

Ich weiß was er versucht, er will mich von dem Phönix ablenken aber es funktioniert nicht, ich weiß was mich jetzt ablenken würde aber vorher muss ich zu meinem Auto.

"Lass uns nach Hause fahren und uns entspannen, fahr um die Ecke in der Straße steht mein Auto."

Wir biegen um die Ecke und ich sehe dort meinen alten

Mustang stehen. Aber im nächsten Moment spüre ich wie meine Wut mit jedem Meter steigt dem wir meinem Auto näherkommen.

"Was zum Teufel, wenn ich denjenigen in die Finger bekomme wird er spüren mit wem er es zu tun hat."

Ich knurre die Worte vor mich hin. Wir steigen aus und bleiben vor meinem Auto stehen.

"Derjenige der das getan hat muss ziemlich sauer auf dich sein, fällt dir da jemand ein?"

Ich versuche einen bekannten Geruch aufzunehmen aber leider ist da nichts was mir bekannt vorkommt,

Ich laufe um mein Auto, es hat einen Riesen Kratzer und die reifen sind zerstochen.

"Ich glaube hier hat jemand Todessehnsucht Bruder."

Ich kann mich kaum kontrollieren und meine Augen leuchte in einem Tiefen Grün, mein Bruder weiß was das bedeutet und er Parkt schnell sein Auto in einer Nebenstraße, ich folge ihm und gemeinsam verwandeln wir uns und rennen in Richtung Rudelhaus.

Katelyn

Ich wache durch Gekicher und gepolter auf. Ich steige nur widerwillig aus meinem Bett und schaue auf die Uhr, es ist halb vier in der Früh.

"Ich weiß nicht was ihr da draußen tut und ich will es auch nicht herausfinden, darum bitte ich euch leiser zu sein."

Ich schreie aus meinem Zimmer, denn ich will echt nicht erleben wie die zwei sich die Kleider vom Leib reißen und weiß der Teufel was tun. Noch ein paar Minuten Länger und endlich kehrt, wieder Ruhe ein. Ich lege mich wieder hier aber schaffe es nicht mehr einzuschlafen. Gegen 7 als die Söhne aufgeht, ziehe ich mich an um vor der Schicht noch nach meinem Handy zu suchen. Ich nehme mir ein Taxi und fahre zurück zu der Stelle wo das Auto stand. Ich steige aus und sehe ein Abschleppunternehmen, ich wollte warten aber dann entdecke ich ihn wieder, den jungen Mann von gestern.

"Trägt er denn jemals etwas anderes als Anzüge"

Murmel ich vor mich hin. Ich drehe um und gehe zur

Arbeit, ich muss wohl später wieder kommen und hoffen das ich es hier verloren habe und es niemand anderes entdeckt hat. Immer wieder muss ich an diese Augen denken und im nächsten Moment denke ich mir, dass er der Typ Mann ist der reihenweise Herzen brechen tut. Mein Kollegin erschreckt mich als sie mehrfach meinen Namen sagt um mich aus meinem Tagtraum zurück zu holen.

"Kate, was ist denn los du bist heute ganz abwesend, so kenne ich dich gar nicht."

Besorgt schaut mich meine Kollegin Coleen an, wir haben uns ab dem ersten Moment verstanden und mit ihr macht die Arbeit gleich doppelt so viel Spaß.

"Ach weißt du, ich habe gestern mein Hand verloren und mich ärgert das total, weil ich mir nicht einfach ein neues leisten kann. Coleen nickt und setzt ihren Nachdenklichen Gesichtsausdruck auf.

"Mhh ich weiß das meine Schwester sich schon wieder ein neues gekauft hat, wenn du willst kannst du ihres haben."

Ich umarme sie, sie ist echt eine tolle Freundin geworden.

"Danke, weißt du das du die beste bist und meine Rettung."

Sie strahlt mich an und wieder einmal denke ich wie hübsch sie ist.

"Da du jetzt besser gelaunt bist habe ich einen kleinen Anschlag auf dich vor, hier hat ein neuer Club am Rande der Stadt auf gemacht, lass uns heute mal einen Mädels Abend machen."

Der Gedanke lässt mich lächeln, ich bin zwar nicht der Party Mensch aber wir waren so lange schon nicht mehr aus.

"In Ordnung, lass uns nach der Schicht zusammen zu dir gehen, denn ich weiß das alles was in meinem Schrank hängt nichts was deinen Ansprüchen genügt."

Wir beide lachen gemeinsam und beenden mit einer lockeren Art die Schicht. Ich schreibe Rubi eine Nachricht das ich heute nicht nach Hause kommen werde. Werde heute mit Coleen heute ausgehen, warte nicht auf mich. Küsschen für dich. Wir unterhalten uns auf dem Weg zu ihr in die Wohnung und lästern über ein Paar verrückte Kunden.

 *Janden*

Gestresst und durchgeschwitzt komme ich im Rudelhaus an, ich war schon früh auf um Saren sein Auto in die Werkstatt bringen zu lassen. Ich komme zur Tür rein und direkt klingelt mein Telefon

"Alpha, wir haben ein kleines Problem im Club, die Kellnerinnen haben sich krankgemeldet und ich erreiche die anderen nicht."

Ich verdrehe die Augen und schnaube etwas genervt. Ich brumme in das Telefon.

"Ich kümmere mich darum, maile mir die Nummern und Namen aller Kellnerinnen und bitte markiere die, die ausfallen."

Ich höre es im Hintergrund rascheln.

"Mache ich sofort Alpha."

Mit den Worten legt er auf und ich nehme den Weg direkt ins Bad um mich zu duschen. Ich stelle mein Telefon auf

21

Lautsprecher und rufe meinen Bruder an.

"Bruder, dein Auto ist spätestens am Montag so gut wie neu."

Ich brauche ihn nicht zu sehen um zu wissen das er erleichtert lächelt.

"Danke Bruder, auf dich ist wirklich immer verlass."

Ich stelle das Wasser an und gehe unter die Dusche.

"Wir müssen heute im Club erscheinen, es gibt direkt an der Eröffnung Krankmeldungen."

Ich höre wie mein Bruder auf und ab geht.

"Haben wir Ersatz oder wo können wir welchen Auftreiben?"

Saren kennt mich zu gut, er weiß das ich immer einen Plan B habe.

"Natürlich, Derek kümmert sich schon darum, wenn er es nicht hinbekommt habe ich noch die Nummern der Bewerberinnen, die eine Absage bekommen hatten. Wie klären noch ein die letzten Sachen für den Abend und danach lege ich auf."

Im selben Augenblick bekomme ich die Nachricht von Derek. Er hatte keinen erreichen können. Ich suche in meinem Arbeitszimmer nach der Datei von den

Bewerberinnen und gehe eine Nummer nach der anderen durch. Lange zwei Stunden später habe ich sieben Kellnerinnen auftreiben können. Ich Sende Derek eine SMS das er sich darum nicht mehr kümmern braucht nur vor Ort sein soll um die neuen anzuweisen. Ich lasse mir einen Moment länger Zeit als nötig um mir ein Glas Wein einzuschenken und meine Gedanken schweifen zu ihr, insgeheim hat sie von mir schon einen Spitznamen bekommen.

"Meine Rose ich werde deine Dornen schon noch brechen und dann gehörst du mir und es wird perfekt werden."

Ein Klopfen an der Tür reißt mich aus meinen Gedanken und es schleicht sich ein andere Gedanken in mein Kopf den ich überprüfen muss bevor ich heute Abend in den Club fahre. Ich schlendere nur in einer Jeans bekleidet zur Tür und öffne sie, etwas verwundert darüber das mein Bruder klopft lasse ich ihn herein. Ich schaue ihn mir an und er sieht etwas gestresst aus und an seinem Geruch weiß ich das er fünf Minuten hat bevor ich ihn samt Kleidung unter die Dusche stelle.

"Ich hoffe du hast einen guten Grund warum du müffelnd wie ein Hund dich auf meine weiße Leder Couch schmeißt."

Erst jetzt bei meinen strengen Worten wird ihm bewusst was er getan hat und er springt auf.

„Entschuldige, ich komme gerade vom Training mit den jungen Wölfen und hatte noch nicht geschafft mir einen Outfit für heute Abend zu besorgen."

Ich fange an lauthals zu lachen und zeige in Richtung Bad.

"So wie du müffelst bekommst du nichts von mir und ich gebe dir den Rat, ich würde es nicht bei einmal belassen."

Kopfschüttelnd verlasse ich den Raum und mache mich auf den Weg zu unserem goldenen Käfig.

"Mal sehen wie sich das Kätzchen von gestern erholt hat, Saren hat mächtig Spaß mit dir gehabt."

Ich schließe die Tür auf und sehe sie direkt, sie kniet blutverschmiert in der Ecke und wimmert vor sich hin.

"Ach Hannah du warst wohl ein sehr böses Mädchen, du wirst erst hier alles sauber machen, dann werde ich dich waschen und deine Wunden versorgen.

Mit zitternden Knie steht sie auf und ich entferne ihr die Augenmaske und den Knebel, ebenso löse ich die Fesseln an ihren Fußgelenken.

"Danke Janden, du bist so nett zu mir."

Diese Worte höre ich öfters, denn ich liebe den Schmerz den sie fühlen, aber ich bin kein Arschloch und ich will ja lange etwas von meinem Spielzeug haben.

"Du weißt wo die Sachen sind, ich gebe dir eine Stunde hier sauber zu machen, ich rate dir es gründlich zu machen und keine Minute länger zu brauchen."

Ich warte nicht auf ihre Antwort und schließe die Tür hinter mir ab.

Saren

Drei duschen später, fühle ich mich wieder richtig lebendig und ausgeruht. Ich trete aus dem Bad und lege mich auf die Couch und schließe für einen kurzen Moment die Augen und lasse die letzten Stunden nochmal aufleuchten. Ich bin in den frühen Morgen Stunden zu unser lieben Hannah gegangen um mit ihr zu spielen. Wie Janden und ich geahnt hatte war der Boden nass.

"Hannah, Hannah, Hannah du weißt was das bedeutet, ich werde dich bestrafen müssen.

Sie fängt an zu jammern und sich zu entschuldigen doch das will ich nicht hören, ich gehe zu unserm perfekt ausgestatten Schrank und hole mir einen Knebel und keine Minute später und schon ist Ruhe und ich höre nur noch dieses Wimmern was mich immer weiter reizt.

"Du hattest nur eine Aufgabe und selbst das hast du nicht geschafft."

Ich stelle mich hinter sie und lasse die Kette in meiner Hand über ihren nackten Rücken baumeln. Ich sehe wie sie eine Gänsehaut bekommt. Ich Fessel sie an Hand und Fußgelenken das sie alleinstehen muss. Meine Hand wandert zwischen ihre Schenkel und wie schon geahnt ist sie feucht.

"Du bist nass für mich, halte deine Strafe aus ohne zu fallen und ich werde die Belohnen."

Vor laute Vorfreude reibt sie ihre nackten Schenkel aneinander.

"Ich habe die perfekte Strafe für dich, ich werde dich wieder und wieder in Richtung Orgasmus treiben aber du wirst nicht kommen dürfen."

Und da ist es wieder dieses Wimmern, ich streichele ihr mit meiner Hand über die Wange mit meinem Daumen zeichne ich ihre Unterlippe nach und knabbre und ziehe ich sanft an ihr.

Mein Hände wandern zu ihren Brüsten, ich streichele und knete sie lecke und beiße bis sie schön rot werden und man jeden Abdruck sieht, erst dann bin ich zufrieden. Das Wimmern wird zu einem stöhnen. Ich hole ein Seil und ein Paar Klammern und fange an ihre Brüste mit einer Festigkeit zu binden das ich weiß sie spürt es bei jedem Atemzug, zufrieden mit meiner Arbeit lege ich ihr die klammern an und verbinde sie mit ihren Schamlippen. Ich danke meinem Bruder jeden Tag für diese tolle Folter Spielzeug denn die ketten sind gerade so lang um nur auf Spannung zu sein, wenn man sich bewegt. Sie zappelt unruhig und zieht an den Fesseln, ich genieße diesen Anblick streichele jede Stelle ihres Körpers und sauge jede kleine Bewegung ihres Körpers in mich auf. Meine Finger finden ihre Knospe und ich finde sofort den Rhythmus der sie bereits nach kurzer zum Orgasmus bringt.

Sie weiß was das bedeutet den das stöhnen hört auf und

sie versucht etwas durch den Knebel zu sagen aber es ist nur ein wimmern. Ich ignoriere sie und lasse sie im unwissenden was als nächstes passiert. Ich gehe zum Schrank und da hängt sie, wartend auf mich das ich ihr wieder eine Aufgabe gebe. Ich gehe zu Hannah zurück und löse ihre Hände hinter dem Rücken, nur um sie oben mit der Kette zu verbinden um zu verhindern das sie fällt. "Du wirst 20 Schläge ertragen ohne einen Ton von dir zu geben."

Sie nickt und es herrscht eine Ruhe und die Spannung ist zum Greifen nah. Meinen Körper stelle ich hinter sie und fange mit zehn Schlägen auf dem Rücken an. Jeden Schlag lässt sie spüren, was sie falsch gemacht hat, nach dem fünften Schlag beginnt ihre Haut aufzuplatzen und das Blut läuft über ihren Rücken, mich turnt dieser Anblick an und ich zeichne mit den Fingern die Spuren nach, ich höre wie sie versucht Luft zu holen ohne einen Ton von sich zu geben. Ich wandere zu ihrem kleinen Apfel hintern und schwinge meine Peitsche und die letzten Schläge lasse ich sie auf ihre Prallen Brüste spüren. Ich löse ihre Fesseln an den Brüsten und löse die Klammer, zuletzt löse ich die Verbindung ihrer Fesseln und sie fällt auf die Knie. Ich beobachte sie noch einen kurzen Moment und verlasse das Zimmer und schließe hinter mir ab. In meinem Zimmer lege ich mich auf mein Bett und schlafe ein, der ganze Tag war Anstrengend und alles andere als befriedigend. Ich schrecke hoch als mein Bruder die Tür ins Schloss fallen lässt.

"Du weißt das man schlafende Wölfe nicht erschrecken soll."

Er sieht nicht begeistert aus und ich frage mich welche Laus ihm jetzt wieder über die Leber gelaufen ist.

"Was hast du mir ihr gemacht und vor allem warum hast du die Sauerei so lange dagelassen."

Ich stehe auf und gehe in Richtung Begehbaren Schrank und schaue nach etwas passendem.

"Entschuldige ich war danach so erledigt, dass ich nur noch schlafen wollte. Ich wollte sie gar nicht so hart bestrafen aber sie wollte es so und ihr geht es gut als ich gegangen bin.

Ich sehe sein Kopfschütteln und wie er sein Handy aus der Hosentasche zieht, ich weiß wen er anrufen wird.

"Ich werde dem jetzt ein Ende setzten und Raphael wird sich darum kümmern das sie verschwindet und sie an nichts erinnern wird."

Etwas bedrückt stimme ich ihm zu und widme mich wieder dem Schrank zu.

Ich blicke auf die Uhr und es ist bald 22:30 in wenigen Minuten kommt unser Taxi.

Ich schaue ein letztes Mal in den Spiegel und bin schon ein wenig begeistert von Coleen ihrem Werk. Meine roten Haar fällt in Locken über die Schulter, meine Grauen Augen sind mit schwarz betont und ich trage einen farblich passenden Lippenstift. Sie hat es sogar geschafft das ich ein Kleid trage anstatt der üblichen Jeans.

"Ich danke dir, ich sehe wirklich toll aus."

Ich umarme Coleen und wir machen noch ein paar Fotos bevor das Taxi klingelt.

"Babe wir sind hot also lass uns die Männer zum

Schmelzen bringen."

Ich fange an zu lachen und schnappe mir ihre Hand und ziehe sie aus der Wohnung.

Im Taxi reden wir über banale Sachen wie Männer oder was wir trinken könnten, sodass die fast stündige Fahrt schon ganz bald überstanden ist.

"Danke das sie uns ertragen haben und ich wünsche ihnen einen schönen Abend"

Der Taxifahrer lächelt mir zu und wir steigen aus, zum Club sind es nur noch paar Meter und ich bin froh das ich Coleen davon überzeugen konnte keine High Heels tragen zu müssen.

Im Club ist es laut und die Lichter tanzen über die sich bewegenden Menschen, die Mädels in kurzen Kleider die Männer in Jeans und Hemden, ich bin wieder einmal froh bei Coleen etwas Passendes gefunden zu haben.

"Komm lass uns an der Bar etwas zu trinken holen"

Ich schreie Coleen die Worte über die Musik hinweg ins Ohr. Wir bahnen uns den Weg und bestellen unsere Drinks, ich trinke einen Bloody Mary und Colleen einen Sex on the Beach.

Mit unseren Drinks nehmen wir an der Bar Platz und

schweifen mit unseren Blicken durch den Club.

"Der DJ ist wirklich gut und es ist hier alles so groß und elegant."

Colleens Worte erreichen mich und ich stimme ihr mit einem Cheers zu. Wir leeren unsere Gläser und schon werde ich mitgezogen.

"Komm du Tanzmuffel, lassen wir unserer Hüften schwingen."

Ich fange an zu lachen und folge ihr auf die Tanzfläche, wir schwingen mit unseren Hüften im Takt der Hip-Hop Bässen und bereits nach kurzer Zeit sind wir eins mit der Musik.

"Warte hier ich muss mal eben auf die Toilette, ich komme gleich wieder."

"Bist du dir sicher, dass ich nicht mitkommen soll Cole."

Sie nickt und schon ist sie in der Maße verschwunden, ich tanze weiter und verliere mich wieder in der Musik. Doch dann habe ich das Gefühl beobachtet zu werden, ich schaue mich um kann aber niemanden entdecken, ich beschließe mal nach Coleen zu suchen und verlasse die Tanzfläche.

Ich achte einen Moment nicht wohin ich laufe und

Rempele einen Mann an, er ist zwei Köpfe Größer als ich und ist ein pures Muskelpaket.

"Entschuldige bitte Mr. ich habe dich nicht gesehen."

Der große Mann schaut mich von oben herab an und sagt streng.

"Tanze mit mir und ich werde diesen Vorfall vergessen mein hübsches Püppchen."

Diese ekelhaften Worte erinnern mich an meinen Ex der hat mich auch immer Püppchen genannt, ich schüttele den Kopf und gehe an dem Riesen vorbei in Richtung Toiletten.

"Na da bist du ja endlich, ich habe ewig auf dich gewartet und mich hat so ein schmieriger Typ angemacht."

Coleen fängt an zu lachen und ich schüttele nur den Kopf, bei ihr wirkt Alkohol immer so schnell.

"Mäuschen bei dir sind alle Männer schwierig du musst einfach lockerer werden."

Sie dreht sich um und wieder zieht sich mich zur Tanzfläche.

Wir tanzen noch ein wenig bis ein Mann die Hüften meiner Freundin packt und sie sich an mich schmiegt, die beiden tanzen und unterhalten sich nebenher.

"Ich hole mir einen Drink und setzt mich in die Lounch auf der Terrasse."

Sie nickt mir zu und das ist für das Zeichen zu gehen.

"Noch einen Bloody Mary für mich."

Ich warte einen Moment und lasse mich dann draußen in die bequeme Couch fallen, es ist wirklich schön hier zu sitzen. Die Ruhe zu genießen bleibt mir nicht lange gegönnt, denn der Riese hat mich gefunden und lässt es sich nicht nehmen direkt neben mir Platz zu nehmen.

"Na Püppchen hast du gedacht du könntest wohl vor mir fliehen."

Ich rücke noch ein Stück weiter weg von ihm, aber natürlich folgt er mir. Ich verdrehe dich Augen und versuche ihn zu ignorieren.

"Komm schon sei doch nicht so verklemmt und lass mich mal sehe was du zu bieten hast."

Ich bin noch klar bei verstand aber dennoch kommt meine Reaktion unerwartet, ich drehe mich um und er spürt meine linke Hand in seinem Gesicht.

"Du Schlampe wie kannst du es wagen, sei froh das ein Mann wie ich dich überhaupt ansieht."

Wie kann er so dreist sein und solche Worte in den Mund

nehmen, ich stehe abrupt auf und entferne mich vom Club und laufe um die Ecke. Ich bleibe stehen und nehme mir einen Moment um mich zu sammeln, ich drehe mich um und schon steht der Typ schon wieder da, ich will mich gerade wegdrehen doch er packt mich und schleudert mich gegen die Wand.

Ich spüre wie das Blut über mein Gesicht läuft doch ich bin keine Frau die aufgibt, ich Rappel mich auf und schaue ihm direkt in die Augen.

Er scheint nicht sehr begeistert von meiner Willenskraft zu sein und geht direkt wieder auf mich los, doch dieses Mal bin ich schneller und gehe in die Hocke und lasse ihn über mein ausgestrecktes Bein stolpern.

"Glaube bloß nicht das du gewonnen hast."

Ich höre wie er mir die Worte hinterher brüllt doch ich renne schon so schnell ich kann in die andere Richtung.

Als ich weit genug entfernt bin setze ich mich auf einen Stein und schon kommt der Schmerz, ich berühre mein Gesicht und spüre das Blut wie es immer noch läuft.

"Verdammt das wird ein paar hässliche Narben geben und mein Kopf explodiert jeden Moment."

Ich sammele meine Kraft und laufe in Richtung des

Clubs, noch leicht kann man die Musik wahrnehmen was mir bei der Orientierung hilft. Jeder Schritt wird schwer und die Schmerzen machen es mir auch noch schwer etwas zu erkennen, ich schleppe mich den Weg entlang und ich passe einen Moment nicht auf und ich stolpere. Das letzte, was ich sehe, als mir schwarz vor Augen wird ist wie der Boden auf mich zukommt.

 Saren

"Wo ist sie hin, sie wollte doch nur ihren Drink in der Lounge genießen."

Ja ich habe sie beobachtet, ich hatte versucht die Augen von ihr zu lassen aber es hat nicht lange funktioniert.

Ihre Feuerroten Locken wie sie bei jedem Hüftschwung in diesem Engen Kleid hüpfen haben mich ganz hypnotisiert. Von der Galerie aus hatte ich den perfekten Blick auf sie, für einen kurzen Moment hatte ich das Gefühl das sie wusste das sie beobachtet wird als sie sich umgeschaut hat und dann auf der Toilette verschwunden ist.

Sie hat eine ziemlich schlechte Freundin, denn anstatt sich sorgen zu machen ist sie mit diesem Typen abgehauen, so betrunken wie sie war wundert mich das aber auch nicht.

Aber ich bin anders, ich mache mir Sorgen um meinen kleinen Phönix, seit bald zwei Stunden ist sie nicht mehr zurückgekommen und ihre Jacke hängt auch noch in der Garderobe.

"Wir sollten uns auf die Suche nach ihr machen, du bist ja ganz neben der Spur Bruder."

Janden flüstert mir die Worte ins Ohr und ich drehe mich abrupt um sodass wir beide fast mit den Köpfen zusammenstoßen.

"Du hast Recht, ich bekomme sie einfach nicht aus dem Kopf und ich würde sie so gerne mal kosten."

Er Klopft mir auf die Schulter und ich weiß in seinem Kopf sieht es genauso aus denn er hat versucht irgendetwas über sie heraus zu finden aber leider ohne Erfolg, das hat den Kämpfer in ihm geweckt.

Wir verabschieden uns und verlassen den Club, draußen nehme ich verschieden Gerüche wahr, auch ihren aber er ist sehr schwach.

Wir gehen um die Ecke und da ist ihr Geruch deutlicher wahr zu nehmen aber dennoch schwach und im gleichen Moment schauen wir uns an.

"Ich rieche Blut, versuchen wir die Fährte aufzunehmen."

Janden verwandelt sich und ich sammele seinen Anzug auf das er später etwas zum Anziehen hat. Ich warte auf ein Zeichen von ihm und qualvolle Minuten kommt nichts, ich rieche ihn auch nicht mehr und auch eine Gedankenverbindung ist nicht möglich. Ich wollte gerade schon selbst anfangen zu suchen als ich sein heulen höre.

Ich sprinte in die Richtung und finde ihn schnell tiefer im Wald.

"Hier deine Kleidung, wo ist sie hast du sie gefunden?"

Ich weiß nicht warum ich ihn frage, ihr Geruch weht mir ins Gesicht aber auch der Geruch von Blut und als er sich verwandelt weiß ich auch warum, da liegt sie schlafend wie ein Engel, in der Erscheinung eines sündigen Teufels und das Blut klebt in ihren Haaren.

"Ich nehme einen Geruch war, ich schätze von dem Typ der sie verfolgt hat."

Mein Bruder kennt mich zu gut denn er hockt sich neben mich und schon werde ich ein wenig entspannter und schlucke die aufkommende Wut runter.

"Niemand tut ihr weh außer uns das verspreche ich dir Bruder."

Ich glaube meinem Bruder und ich hebe den Phönix hoch und gehe zu meinem Auto.

"Was glaubst du was du hier tust Saren?"

Der strenge ton meines Bruders entgeht mir nicht, doch das ist mir egal, sie muss weg hier und ich werde dafür sorgen das sie angemessen behandelt wird und dann sicher zu Hause ankommt.

"Sie muss nach Hause und vorher braucht sie einen Arzt."

Ich sehe wie mein Bruder innerlich mit sich kämpft aber schließlich stimmt er zu.

"Fahr du sie nach Hause ich hole unseren Arzt und er wird sich um sie kümmern danach verschwinden wir."

Ich setze sie vorsichtig auf meinen Beifahrer sitz und schaue in ihrer Tasche nach einem Ausweis wo die Adresse steht und fahre sie dann nach Hause.

"Kate, dir wird es besser gehen und ganz bald wirst du uns gehören und du hast mein Wort wir werden dich beschützen und wenn du blutest, blutest du nur für uns."

Ich lächle vor mich hin und fahre durch die Nacht bis zu ihrem Haus.

Janden

Ich kontaktiere unseren Rudelarzt und bestelle ihn zum Club.

"Ich bin so schnell gekommen wie ich konnte Alpha."

Ich nicke ihm zu und deute ihm daraufhin einzusteigen, er ist einer der wenigen die das Privileg haben in meinem Doge Platz zu nehmen.

"Das hier bleibt unter uns und schwöre dir es gibt kein schönes Ende, wenn du auch nur ein Wort davon verlierst auch nicht an deine Gefährtin."

Er nickt Stumm und ich fahre zu dem Standort den mir Saren gesimst hat, er hat mir auch ihren Namen dazu geschickt.

Ich werde mir morgen die Zeit nehmen alles über sie herauszufinden, denn jetzt habe ich einen Anhaltspunkt nach wem ich suchen muss.

Nach einer Stunde sind wir da und Saren wartet bereits um uns die Tür auf zu halten.

"Gebe ihr etwas gegen die Schmerzen und zu Beruhigung, sie soll sicher bis morgen schlafen und behandele ihre Wunden."

Greg macht sich direkt an die Arbeit und wir schauen uns um und ich frage mich wie man in so einem Schuh Karton leben kann und das auch noch zu zweit. Ich hole einen Kalten Waschlappen aus dem winzigen Bad und laufe den Flur entlang, in dem Moment geht das Licht an und zwei Frauen stehen im Eingang.

"Hallo wir wussten nicht das Kate Männer besuch hat, freut mich dich kennenzulernen ich bin Rubi und das ist meine Verlobte Michelle."

Diese Menschen sind immer so freundlich und wollen immer Körper Kontakt. Ich schüttele freundlich ihre Hände.

"Ich bin Saren, deiner Freundin Kate geht es nicht so gut und sie ist gestürzt, ich wollte ihr nur etwas das Blut abwischen."

Hätte ich besser meinen Mund gehalten, diese quirlige

Gestalt drängt sich an mir vorbei und will in Kate ihr Zimmer stürmen, stößt aber mit meinem Bruder zusammen und plumpst unsanft auf ihren Hintern. Ich muss mir ein Lachen verkneifen, denn ihr Gesichtsausdruck als sie Janden halb nackt aus dem Zimmer kommen sieht ist unbezahlbar.

"Ich bin Rubi, geht es Kate denn gut, dein Kumpel meinte sie sei gestürzt und und…"

Sie stottert vor sich hin und ihre Freundin hilft ihr auf.

Ich geselle mich zu Janden und versperren ihnen die Sicht, ich glaube sie haben genug gesehen aber der Sadist in mir muss sie einfach schocken, doch Janden hat meine Gedanken gelesen und war schneller.

"Bruder hast du dich verlaufen, aber dann sehe ich du wurdest aufgehalten, entschuldigt Mädels darf ich mich vorstellen? Ich bin Janden und ich bin Sarens Bruder."

Er hat es geschafft ihnen Fallen die Augen aus dem Kopf und wie geschockt gehen sie Hand in Hand in ihr Schlafzimmer.

Wir können uns nicht zurückhalten und lachen gemeinsam, was sie jetzt wohl denken.

Wir gehen wieder ins Zimmer und Greg ist gerade fertig

mit seiner Behandlung.

"Danke, wenn du mal etwas brauchst kannst du gerne kommen."

Ich gebe ihm Geld für ein Taxi, das ist das mindeste wie ich ihm gerade helfen kann. Zurück in der Wohnung der kleinen Rose und ich bin sichtlich entspannter. Ich höre ein leises Schnarchen aus dem Zimmer und erblicke kurz darauf Saren der Kate auf sich gezogen hat und tief und fest schläft.

"Saren wir müssen aufbrechen, das Medikament wird sie nicht mehr lange ruhigstellen und wer weiß wann sie dann aufwachen wird."

Über die Gedankenverbindung habe ich ihn aufgeweckt und er schiebt die schlafende Schönheit von sich und deckt sie zum Abschluss zu.

Aus der Haustür raus verwandeln wir uns und heulen entspannt in die Nacht. Nachts ist es wirklich beruhigend durch die Straßen und Bäume zu rennen.

Wie früher geben Saren und ich uns ein kleines Wettrennen, das war schon immer so seitdem uns unser Vater trainiert hat und wir tun es auch heute noch aber eher selten.

Seit unser Vater vor ein paar Jahren gestorben ist haben wir den Platz Alpha eingenommen.

Wir leben zwar beide im Rudelhaus aber haben jeder seinen eigenen Bereich in der obersten Etage.

"Gute Nacht Bruder, war ein anstrengender Tag und wir müssen uns morgen dem Handy widmen, das wir bei deinem Auto gefunden haben."

Ich spüre das er sich kurz anspannt bevor er durch die Tür geht und ich weiß das ihn das noch immer ziemlich wütend macht. Ich ziehe mich aus und stelle mich unter die Dusche und lasse mir die Geschehnisse des Tages durch den Kopf gehen. Nur mit einem Handtuch bekleidet trete ich aus der Dusche und fall in einen tiefen Schlaf und Träume von meiner Rose. Sie wird mir gehören, ob sie will oder nicht, ich werde sie mir holen und nie wieder gehen lassen.

Ich wache mit starken Kopfschmerzen auf, ich drehe mich auf die Seite und spüre Schmerzen. Ich versuche mich zu erinnern was gestern passiert ist aber alles ist verschwommen und noch wichtiger wie bin ich denn nach Hause gekommen. Noch ein Bedürfnis lässt mich unruhig werden, ich muss ins Bad. Trotz des Schwindels den ich empfinde stehe ich auf und mache ein schritt nach dem anderen. Im Flur angekommen höre ich das Lachen meiner besten Freundin, ich ignoriere sie und betrete das Bad. Erschrocken betrachte ich mich im Spiegel und sehe den dicken Verband an meinem Kopf, ich taste ihn langsam ab und spüre einen stechenden Schmerz. Ich ziehe mich aus und steige unter die Dusche bedacht meinen Verband nicht nass zu machen. Das warme Wasser prasselt auf meinen verspannten Körper nieder und ich begutachte ihn, ich habe ein Paar Schürfwunden und Blaue Flecken.

"Wie zum Teufel ist das alles passiert und wer hat mich behandelt."

Ich murmele die Worte vor mich hin als ich entspannter aus der Dusche trete und mich in ein Handtuch wickele. Kaum trete ich aus dem Bad meldet sich mein Magen und ich beschließe mich den beiden in der Küche anzuschließen, vielleicht können sie mir helfen was passiert ist und wie ich nach Hause gekommen bin.

"Guten Morgen ihr beiden, seit wann seid ihr denn wach?"

Ich versuche nicht verwirrt zu klingen aber es gelingt mit nur schlecht zu verbergen das mich das alles beunruhigt.

"Ach Gott Kate was ist denn mit dir passiert?"

Mist also hat sich auch mein Gedanke das die beiden mir helfen können in Luft aufgelöst. Doch dann fängt Rubi an zu lachen und ich fühle mich nur noch verwirrter und mein Kopf schmerzt bei all dem denken.

"Was ist denn so amüsant an mir?"

Ich schenke ihr einen gespielten bösen Blick, ich könnte ihr niemals böse sein und das weiß sie, denn sie fängt nur noch mehr an zu lachen.

"Du weißt echt nicht was gestern passiert ist oder?"

Rubis bessere Hälfte stellt mir diese Frage ganz beiläufig, also wissen die beiden doch mehr als sich mir erzählen wollen. Ich wende den beiden den Rücken zu und hole mir die Sachen für ein Sandwich raus, denn ich habe immer noch Hunger.

"Es ist nicht so tragisch wie du es dir jetzt ausmalst in deinem hübscher Köpfchen, im Gegenteil.?"

Ich höre ihr nur mit einem Ohr zu aber bei den letzten Worten drehe ich mich um und ziehe ein Augenbraue nach oben und sie weiß das meine Neugierde geweckt ist und sie alles spucken soll.

"In Ordnung, als wir heute Morgen nach Hause gekommen sind brennte das Licht und ein schickes Auto stand vor der Tür, das hatte mich überrascht den ich bin mir sicher das Coleen sich nicht so ein schickes Auto leisten kann.

Das hilft mir nicht wirklich weiter denn wenn Coleen mich nach Hause gebracht hätte dann wäre sie noch hier und ich weiß das sie Alkohol getrunken hat und auch aus dem Grund kein Auto fährt.

"Das bringt mir nichts, trotzdem Danke, ich lege mich wieder in mein Bett mein Kopf explodiert jeden Moment."

Die Worte kommen mir grimmiger über meine Lippen als eigentlich beabsichtigt. Die beiden lassen mich den ganzen Tag in Ruhe, was mir wirklich Recht ist.

In meinem Bett schaue ich auf mein Handy und die Nachricht von Coleen bestätigt mein Verdacht.

"Guten Morgen, wo bist du denn und ich hoffe dir geht es gut, du warst gestern auf einmal verschwunden."

Ich lese dich Nachricht und antworte ihr direkt das sie sich keine Sorgen mehr machen muss denn ich bin mir sicher, dass sie das tut, sie ist immer so ein fürsorglicher Mensch.

"Guten Morgen, ich bin zu Hause und mir geht es gut, hoffe du hattest noch einen schönen Abend?"

Ich lege mein Handy beiseite und fall in meine Kissen zurück, es dauert nur wenige Minuten und ich schließe die Augen. Ich träume von blauen und grünen Augen und kann diese nicht wirklich einordnen, wem gehören diese Augen, im nächsten Augenblick sehe ich Blut und einen Typen vor mir und dann einen Wald. Schweißgebadet wache ich auf und mein Herz rast, was zum Teufel ist gestern mit mir passiert.

Ich trinke etwas und nehme ein Paar Tabletten gegen meine Schmerzen, dann stehe ich auf und beschließe mich etwas im Garten zu sonnen, das Wetter ist warm und es ist ein perfekter Tag. Ich trete in meinem Bikini in den Garten und sehe das Rubi und ihre Freundin den gleichen Gedanken hatte.

"Kate komm zu uns, wir möchten uns bei dir entschuldigen und wir möchten dir noch etwas erzählen."

Bei den Worten kann ich ihr nicht böse sein, ich bin einfach nur so empfindlich durch meine Kopfschmerzen ist alles einfach zu viel. Ich lege mein Handtuch auf die Wiese neben die beide und strecke mich darauf aus.

"Schießt los, ihr beiden seht aus als ob ihr jeden Moment platzen könntet."

Die beiden grinsen sich an und ich bin ein wenig neidisch über das Glück was die beiden haben.

"Ich habe Michelle, gestern ausgeführt, mit einem ganz besonderen Grund, wir hatten einen schönen Abend und dann habe ich sie gefragt, ob sie meine Frau werden will, sie hat ja gesagt."

Ich fange an zu strahlen und ein mega grinsen zeichnet sich auf meinem Gesicht ab.

"Herzlichen Glückwunsch euch beiden, ich freue mich wirklich total für euch."

Aber ich merke das die beiden noch was auf dem Herzen haben und ich schaue sie erwartungsvoll an.

"Wir haben dir noch vergessen etwas zu erzählen, gestern als wir nach Hause gekommen sind warst du nicht alleine, du hattest besuch und das nicht von einem Mann, sondern von Brüdern."

Mir fällt die Kinnlade runter und im nächsten Moment habe ich einen Flashback zum gestrigen Abend und ich fange an zu zittern.

"Kate was ist denn los, ist dir kalt, du siehst gerade nicht gut aus."

Ich nehme mir einen Moment um meine Atmung zu beruhigen und fange an zu erzählen an was ich mich erinnere. Die beiden sehen sichtlich geschockt aus und Rubi ist die erste die das Wort ergreift.

"Wie konnte das nur passieren und du hattest einen guten Schutzengel, dass die beiden dich gefunden haben, weiß Gott, ob du das überlebt hättest oder ob der Typ dich nicht doch gefunden hätte.

Michelle schaut mich besorgt an aber sie hat sich wieder gesammelt und fragt mich mit besorgter Stimme.

"Wie geht es dir damit, brauchst du denn etwas und kannst du dich erinnern wer deine Retter waren?"

Ich schüttele langsam den Kopf, daran kann ich mich leider überhaupt nicht erinnern.

"Mir geht es gut, nur etwas schmerzen, aber leider kenne

ich die beiden nicht und ich werde es auch nicht herausfinden können."

"Wir können dir leider auch nichts sagen, wir haben die beiden nur kurz im Flur gesehen, als sie sich um dich gekümmert haben, soweit ich mitbekommen habe war auch ein Arzt dort, der sich um deine Verletzungen gekümmert hat, weißt du echt nicht mehr was passiert ist?

Ich lasse mir ihre Worte durch den Kopf gehen und wieder tauchen Bilder in meinem Kopf von letzter Nacht auf mit diesem Typen der mich bedrängt hat, ich schüttele mich bei dem Gedanken das er es gewesen sein könnte der mich nach Hause gebracht hatte. Und er war auch alleine im Club, es tauchen nur noch mehr Frage in meinem Kopf auf und ich bekomme wieder starke Kopfschmerzen.

„Wisst ihr noch wie die beiden aussahen die sich um mich gekümmert haben?"

Bei der Frage erhellen sich die Gesichtszüge meiner beiden Freundinnen und ich frage mich was ihnen jetzt im Kopf umherschwirrt, seitdem sie wissen das ich Männer Besuch hatte sind sie ganz aus dem Häuschen.

„Sie sahen beide gut aus, der eine etwas Größere hat blaue Augen und sein Bruder hatte grüne, aber die Augen waren nicht normal sie haben so eine intensive Farbe gehabt, sowas haben wir noch nie gesehen gehabt, wie als würden sie leuchten wie Edelsteine."

Und wieder kommt dieser Moment indem mir die Kinnlade runterfällt. Ich erinnere mich an den Tag als wir alle im Restaurant waren und mich solch blaue intensive Augen gemustert haben, kann es sein das einer meiner Retter der Mann aus dem Restaurant war? Ich muss versuchen herauszufinden wer er ist vielleicht kann ich dann endlich antworten auf all meine Fragen bekommen und kann endlich damit abschließen.

„Ich glaube ich habe einen von den beiden schon einmal im Restaurant gesehen in dem wir vor ein Paar tagen waren, er hatte mich angestarrt kurz bevor ich gegangen bin."

Die beiden schauen mich sichtlich neugierig an, ich hatte ihnen nichts von diesem kurzen aber merkwürdigen Augenblick erzählt. Ich habe ihnen auch nicht davon erzählt das diese blauen Augen fast täglich in meinen Träumen auftauchen.

„Ich werde morgen noch einmal in das Restaurant gehen, vielleicht kann mir einer der angestellten sagen wer er war und ob er alleine war an dem Tag."

Die beiden nicken und wenden sich dann ab um die Sonne zu genießen. Auch ich bin erschöpft von der ganzen Grübelei und ich schließe meine Augen und spüre die Sonnenstrahlen auf meiner Haut. Die Wärme tut unheimlich gut auf meiner Haut und nur einen kurzen Moment später schlafe ich auch schon ein und Träume von blauen und grünen Augen.

Janden

Ich schaue auf den Wecker es ist bereit 10:00 Uhr, ich kann mich nicht daran erinnern wann ich das letzte Mal so lange geschlafen habe. Es ist Sonntag und es stehen keine Meetings oder sonstige arbeiten an und somit habe ich keinerlei Stress.

Ich stehe auf und wie jeden Morgen seit ich die Rose das

erste Mal gesehen habe wache ich mit einem Ständer auf. Wie jeden Morgen gehe ich Duschen, trotz des kalten Wassers ist er immer noch hart. Ich seufze, dann muss ich wohl selbst Hand anlegen. Mit den Gedanken wie meine Rose vor mir kniet und ich ihn ihr tief in ihren hübschen Mund schiebe fange ich an zu stöhnen. Es dauert nicht lange bis der warme Samen über meine Hand läuft. Ich dusche noch einmal kalt und ziehe mir eine Trainingshose an. Mein Oberkörper ist noch feucht, was mich aber nicht stört. Ich verlasse mein Zimmer und überlege ob ich erst nach unserem Spielzeug schaue oder erst laufen gehe.

„Ach sie kann warten, wenn nicht Saren schon dabei ist sie aus unserem Leben verschwinden zu lassen."

Mit einem Grinsen jogge ich die Treppen hinunter und die Dienstmädchen bekommen große Augen, ich nehme sie kaum wahr denn in meinen Gedanken ist nur Sie. Bald wird sie in den Fängen meiner goldenen Ketten sein und sie wird mich anflehen sie aufzufangen, wenn ich ihr die Hölle und den Himmel gezeigt habe. Ich jogge an den Grenzen unsern Reviers entlang und begegne ein Paar der Wachen, es ist alles ruhig, was mich entspannt weiterlaufen lässt. Bis vor ein Paar Woche war es nicht so ruhig gewesen, immer wieder haben Wölfe andere Rudeln versucht ohne Anweisung ihres Alphas unser Revier zu betreten. Nach meinem stündigen Laufe komme ich zurück und unsere Haushälterin kommt mir an der Treppe entgegen.

„Alpha das Frühstück wäre in fünf Minuten bereit, haben sie besondere Wünsche?"

Ich nehme mir einen kurzen Moment, bevor ich ihr Antworte.

„Danke Zeyna, heute lassen wir uns überraschen von dir."

Sie nickt und wendet sich zum Gehen.

Ich jogge die Treppen hoch und gehe direkt in unsere Kammer, das duschen muss warte, ich schließe die Tür auf und trete ein. Ein strenger Geruch kommt mir entgegen und mit strengen Blick komme ich auf sie zu, sie wagt es nicht mich anzuschauen.

„Heute ist dein Glückstag, nachdem du alles hier aufgewischt hast und dich gereinigt hast machen wir einen Spaziergang."

Das naive Mädchen lächelt vor sich hin, sie denkt

tatsächlich das sie gehen darf. Mein sadistisches ich klatscht vor lauter Freude in die Hände und hüpft in meinem Kopf auf und ab, schon viel zu lange wartet es auf den Moment und jedes Mal aufs Neue liebt es diesen Anblick, wenn ihnen klar wird das sie nicht gehen dürfen, sondern es der Weg in die Hölle ist.

„Du hast zwei Stunden und keine Minute länger, wir dulden kein Fehlverhalten."

Sie nickt eifrig und tänzelt durch den Raum, ich hingegen seufze voller Zufriedenheit, es wird alles vorbereitet sein für meine Rose. Ich drehe mich um und verlasse den Raum um schnell zu duschen und dann zu Frühstücken. Ich frage mich was Saren gerade macht, durch die Gedankenverbindung bekomme ich keine Antwort, ich muss jetzt erst duschen

 *Saren*

Ich werde wach durch die Worte meines Bruders in meinem Kopf. Es war noch eine lange Nacht. Nachdem

ich nicht schlafen konnte habe ich die Zeit genutzt und mich mit der kleinen in unserem Käfig vergnügt, ich hinterließ sie atmend aber mit einigen Kratzer und blauen Flecken zurückgelassen. Ich werde mich heute um sie kümmern aber jetzt werde ich erstmal duschen. Der kleine Phönix macht mich ganz verrückt und auch jetzt spüre ich wie meine Hose eng wird und ich eine merklich Beule entdecke.

„Verdammt die Dusche wird doch ein wenig länger dauern."

Ich stöhne als ich mich von meiner Hose befreie und unter die Dusche trete. Er ist schon ganz hart und ich fahre mit meiner Hand über die ganze Länge. In meinem Kopf ist mein kleiner Phönix wie sie vor mir auf dem Bett kniet, mit gefesselten Händen und ich ganz tief von hinten in sie Stoße und sie mit meiner vollen Länge aufnehme und sie hart nehme bis sie wieder und wieder meinen Namen schreit und mich anfleht sie auch kommen zu lassen, sie wird mich darum bitten, sie immer und immer wieder kommen zu lassen bis sie erschöpft auf die Kissen gleitet. In meinem Kopf kommen wir zusammen und bevor ich den Gedanke zu ende bringen kann komme auch ich und beende dann meine Dusche und Frühstücken zu gehen.

Auf dem Weg in die Küche kommt mir unser Beta entgegen und scheint heute besonders gut gelaunt zu sein, bei mir hingegen erreicht meine Laune bald den Tiefpunkt, denn mir kommt in den Sinn das Janden und ich heute das Handy begutachten und hoffen dadurch herauszufinden wer mein Auto so zerstört hat. Janden sitzt bereits am Tisch und lächelt vor sich hin, als er mich sieht wirft er mir einen kurzen bösen Blick zu und ich frage mich was ich schon wieder Falsch gemacht habe.

„Guten Morgen Dornrösschen welche Prinzessin hat dich den wach geküsst das du endlich aufstehst.“

Unweigerlich fange ich an zu lachen, es ist selten das mein Bruder so gut gelaunt ist, wobei er sich jetzt eher lustig über mich macht.

„Heute Nacht wurde noch meine Anwesenheit verlangt und es wurde wirklich spät, aber so wie ich denke hast du es bereits schon gesehen.“

Er sagt nichts aber er nickt mir zu und das ist für mich ein Zeichen endlich mit dem Essen zu beginnen. Ich stecke mir gerade ein Stück Speck in den Mund als ich

Jandens stimme in meinem Kopf höre, ich zucke vor Schreck zusammen, dieser Bastard macht das zu gerne.

„Wir müssen nachher noch los, unsere hübsche kleine da oben wird endlich frei sein."

Also ich ihn ansehen sehe ich sein typisches sadistisches Grinsen und ich erahne nur zu gut was er damit meint.

Und schon erhellt sich meine Stimmung und ich freue mich schon sehr auf unsere kleine Wanderung.

Im selben Moment zückt er sein Handy und ich weiß was er vorhat, er wird unserem guten alten Freund Silvio, der alte Vampire freut sich immer, wenn wir ein hübsches Mittagessen für ihn haben. Ich lache bitter auf denn für uns ist das ganz normal aber für die kleinen Mensch um uns herum wären wir die schlimmsten Serienkiller.

Wir genießen schweigend unser Frühstück und machen uns gemeinsam auf den Weg um die kleine Blondine zu befreien und sie bei ihrem letzten Weg zu begleiten.

„Bruder danach werden wir alles hübsch machen für die süße Kate, wann werden wir denn mit ihr spielen?"

Janden wirft mir einen Blick zu der sichtlich genervt ist, seit dem tag als ich sie im Restaurant erblickt habe frage ich ihn jeden Tag und werde immer nervöser.

„Du wirst dich noch ein wenig gedulden müssen, erst müssen wir den Übeltäter mit deinem Auto ausfindig machen, das werden wir machen sobald wir zurück sind." Manchmal möchte ich Janden wirklich dafür erwürgen das er immer so verklemmt sein muss, nie lässt er mir den Spaß selbst gestern als wir ganz nah beim Phönix waren durfte ich nichts Unanständiges tun. Ich schmolle über seine Antwort aber dränge ihn nicht weiter, nicht das ich der nächste bin der in den Ketten hängt und ich will nicht das nächste Oper seiner Kette sein, er kann sie wirklich wunderbar schwingen und die Muster sind ein Traum im Gegensatz zu meinen bei mir ist das eher chaotisch, ich lasse sie gerne meine Krallen spüren, der Anblick, wenn das Blut an ihnen herunterläuft ist wirklich hypnotisierend. Ich war so in meinen Gedanken das ich Janden umstoße als er vor der Tür stehen geblieben ist. „Verdammt Saren, reiß dich einfach zusammen wir haben im Moment wichtigeres zu tun als das du deinen Schwanz in die Pussy deines Phönix steckst."

Also seine Worte würden mich verletzten, wenn ich nicht wüsste das er Recht hat, mein Auto ist immer noch in der Werkstatt und der Gedanke daran wie es aussah lässt die Wut wieder aufkochen und jeglicher Gedanke an Sex ist verschwunden, ich werde denjenigen zeigen was es heißt das Auto des Alphas so zu verunstalten.

„Gut da du jetzt wieder bei der Sache bist lass uns da hier zu Ende bringen, hol eins der Kleider aus meinem Schrank die wir für solche Fälle haben."

Ich nicke meinem Bruder nur zu und eile in sein Zimmer um eins der schlichten weißen Kleider zu holen, auf ihnen sieht man das Blut besonders schön und Silvio gefällt dieser Anblick.

„Hier Bruder lass uns das zu Ende bringen und uns dann darum kümmern wem ich einen Knochen nach dem anderen brechen werde."

Endlich lacht Janden wieder auf und ich bin froh das seine schlechte Laune nicht mehr die Oberhand hat, er steht immer so unter Spannung, klar er ist ein paar Minuten älter dennoch liegt die Verantwortung bei uns beiden. Wir treten ein und ich bin erstaunt, unser Käfig ist echt blitzblank, trotzdem werde ich noch alles reinigen ich will wissen das es perfekt ist für Kate. Ich löse sie von den Ketten und alles außer dem Halsband mit unseren Initialen entferne ich alles aus ihrem Körper.

„Zieh das an und warte dann an der Tür, wir sind gleich da.“

Wir verlassen den Raum und ziehen uns selbst noch etwas an. Ich wähle mein Standard Outfit, schwarze Jeans und ein schwarzes Hemd dazu, ich Krempel die Arme hoch und so kommen meine Tätowierten Unterarme hervor. Janden hingegen ist sportlich unterwegs in kurzen Chinos und einem Achselshirt, seine komplette linke Seite ist voll mit Tattoos kein Fleck ist mehr frei.

„Komm lass es uns beenden, sie hat uns lang genug aufgehalten.“

Wir treten wieder ein und sie steht da und wartet geduldig, ich schnappe mir eine Leine und befestige sie mit einem Schloss an dem Halsband, sicher ist sicher. Wir laufen durch die Tür und den versteckten Gang entlang, die ganze Zeit habe ich die Leine fest in der Hand und gehe voraus. Janden läuft hinter ihr um jede Flucht die sie versuchen könnte zu verhindern.

„Wo bringt ihr mich denn hin und ich danke euch das ihr mich gehen lasst, ihr seid wirklich sehr nett.“

Kaum hat sie die Worte zu ende gesprochen fangen wir

beide an zu lachen, wir und Nett, sie glaub wirklich das wir sie gehen lassen.

„Ach Püppchen lass dich einfach überraschen, ich bin mir sicher dir wird es gefallen."

Ich höre Janden in meinem Kopf lauthals lachen und ich muss mich echt beherrschen nicht wirklich zu lachen.

„Bruder du warst mal wieder sehr überzeugend in der Sache das sie wirklich gehen darf."

Durch unsere Gedankenverbindung konnte sie die Worte nicht hören, was gut ist sonst wäre sie in Panik und ich müsse sie den ganzen Weg tragen, darauf habe ich echt keine Lust. Sie weiß nicht, dass wir Wölfe sind und das soll auch so bleiben, denn kein Mensch weiß von der Existenz unseres Rudels oder das andere Kreaturen ihr Unwesen in ihren Wäldern treiben. Wie leben zivilisiert mitten im Wald, nur einmal hat sich ein Mensch verirrt aber auf seinem Rückweg hatte Silvio ihn an seine Brüder verfüttert. Wir laufen ganze drei Stunden bis wir endlich das Schloss erkennen in dem Silvio mit seinem Clan lebt. Er kann uns wahrscheinlich schon riechen und kaum das wir am Tor ankommen erkenne ich ihn auch schon. Seine Blasse Gestalt steht in den Schatten das Waldes, in diesem Teil kann man kaum einen Sonnenstrahl erkennen was nur perfekt für die Vampire ist.

„Willkommen Freunde, da habt ihr mir aber was Hübsches mitgebracht, es ist immer wieder eine Freude und sie riecht auch noch so gut."

Wir blicken alle zu ihr und nun ist sie ganz blass und die Angst steht ihr wirklich in den Augen. Wir lachen alle zusammen denn bis zu diesem Moment hat sie geglaubt das sie gehen darf. Ich übergebe Silvio die Leine und nach einer kurzen Unterhaltung verabschieden wir uns voneinander und dann verwandeln wir uns auch schon. Diesmal machen wir uns keine Gedanken um unsere Kleidung denn kaum sind wir ein Stück gelaufen stehen sie in Flammen. Er macht sich nie die Mühe etwas aufzuräumen. Der Weg zurück dauert nur eine Stunde, als Wölfe sind wir so vieles schneller und der Lauf ist auch noch beruhigend dazu und lenkt mich ein wenig davon ab, was mich zu Hause erwartet.

Janden

Dieser lauf war wirklich eine Entspannung und der Blick der kleinen Blondine hat ihn wieder hart werden lassen, was ist denn heute nur los mit mir, seit gestern will er keine Ruhe geben. Ich deute Saren das er vorgehen soll, er muss nun wirklich nicht meine Erektion sehen, es ist nur ein Grund mich wieder damit zu nerven wann wir die Rose endlich zu uns holen. Denn er weiß das ich auch sehr von ihr angetan bin und sie auch nicht noch länger von anderen Männern umgeben sein soll. Alleine der Gedanke lässt mich rasen vor Wut, sie gehört uns alleine und alleine der Gedanke das sie ein anderer Mann auch nur anschaut steigert meinen Gedanken jeden zu ermorden der es auch nur wagt. Als Saren schon Minuten in dem Gang aus dem wir gekommen sind verschwunden ist, verwandele ich mich auch zurück und laufe mit meiner immer härter werdenden Erektion durch den Gang von dem nur Saren und ich wissen und das soll auch so bleiben. Ich gehe duschen und mache es mir zum zweiten Mal an diesem Tag selbst, so langsam wird das echt frustrierend.

„Verdammt, ich muss das echt schnell regeln mit Auto

von Saren sonst explodiere ich."

Ich steige ein wenig frustriert aus der Dusche und ziehe mir schnell eine Jeans und ein Shirt an und mache mich auf den Weg in unser Büro. Als ich eintrete wartet Saren schon mit dem Handy in der Hand und hat es an seinen Laptop angeschlossen um es zu entsperren.

„Und hast du dich wieder beruhigt Bruder, oder denkst ich wüsste nicht warum ich dich alleine lassen sollte."

Verdammt manchmal nervt es mich das er all meine Gefühlsregungen spüren kann auch Erregung.

„Du weißt ja wie das ist mich macht das immer an, wenn ich sehe wie die Freude in ihren Augen erlischt und die Angst zum Vorschein komm."

Er schaut mich einen Moment an und ich weiß er glaubt mir diese Ausrede auch nur weil wir gerade wichtigeres zu tun haben.

„Ich habe das Handy gleich geknackt und hoffe wir finden heraus wem es gehört, denn so langsam nervt mich der Gedanke das derjenige immer noch ohne gebrochene Knochen durch die Straßen läuft."

Bei Sarens Worten muss ich schmunzeln, denn ich weiß wie sehr er sich auf die Rache freut. Sein Laptop gibt uns ein Zeichen das das Handy verbunden und entsperrt ist.

„Lass uns erstmal den einfachsten Weg nehmen und in den Bilder schauen."

Wir durchforsten das Handy nach Bilder und öffnen einen Ordner mit dem Namen Kamera, wenige Sekunde später sind dort hunderte von Bildern von ihr und ich brauche einen Moment um zu realisieren wem das Handy gehört.

„Wie ist das möglich, das kann doch nicht sein das der Phönix meinem Auto das angetan hat."

Saren ist etwas bleich und starrt auf die Bilder. Sie ist wunderschön und wer auch immer diese Bilder gemacht hat ist sehr talentiert.

„Ich verstehe es auch nicht Bruder, wie kann jemand so fröhliches und ruhiges so etwas tun, wir müssen unbedingt herausfinden was passiert ist."

Er schafft es sich nicht abzuwenden also stoße ich ihn in die Rippen das er mir endlich wieder seine Aufmerksamkeit schenkt. Den mir kommt da gerade ein Gedanke, sie war so aufgebracht als sie das Restaurant verlassen hat.

„Bruder finde heraus, was die Mutter von ihrer besten Freundin Rubi fährt, denn damals im Restaurant war sie sehr aufgebracht gegangen als diese Frau etwas zu ihr gesagt hat."

Er erinnert sich denn er hat die Unterhaltung auch mitbekommen und schon beginnt er an forschen. Ich laufe in meinem Büro auf und ab und versuche mir zu erklären was die Rose so aufgeregt haben um das Auto eines Fremden zu zerstören.

„Schau mal Bruder, ich habe was gefunden und ich glaube das nicht ich ihr Opfer sein sollte, sondern diese Frau."

Ich eile zu seinem Bildschirm und dann erkenne ich es das Auto dieser Frau hat Ähnlichkeiten mit dem von Saren und ich ihrer Wut und der Dunkelheit sah es für sie so aus als wäre es ihrs.

„Das beruhigt mich ein wenig Bruder aber dennoch verstehe ich nicht warum und was willst du jetzt tun?!

Es ist nun Saren seine Entscheidung was der mit Kate anstellen wird, ich erahne zwar schon was er sagen wir dennoch muss ich es aus seinem Mus hören.

„Ich weiß es auch nicht was sie dazu gebracht hat, aber ich werde es aus ihr herausbekommen und dann wird sie spüren was es heißt, wenn sie meinem Auto solchen

Schaden zufügt."

Mit der Antwort habe ich jetzt nicht gerechnet, er muss wirklich ziemlich sauer sein, ich weiß das er sein Auto liebt aber ich war mir fast sicher, dass er seinen Phönix noch mehr braucht.

„In Ordnung wir werden alles vorbereiten und ich die Wege leiten das wir Kate hierherbringen und dann überlasse ich es dir ob du sie am Leben lässt oder ob ich Silvio schreiben soll."

Er nickt etwas abwesend, ihn macht das ganze wirklich ziemlich fertig denn er weiß nicht was er tun soll, einerseits will er Rache für sein Auto und sie bestrafen anderseits ist er schon fast besessen von ihr und will unbedingt mit ihr spielen.

„Wir werden sehen, ich werde jetzt laufen gehen Bruder, kannst du dich bitte darum kümmern?"

„Lass dir Zeit Saren und wenn du etwas brauchst ich bin hier und Regel alles."

Er verlässt mein Büro und ich bin alleine mit meinen Gedanken, soll ich versuchen ihn zu beruhigen, weil er es bereuen könnte, wenn er seinen Phönix zerstört oder soll ich ihn sich abreagieren lassen und schauen was übrig bleibt von ihr? Ich verbringe noch eine Stunde damit bevor ich in unseren Käfig gehe und nochmals alles reinige und für perfekte Ordnung sorge. Selbst unsere Goldenen Ketten glänzen wieder wie als hätten wir sie gerade gekauft. Gerade als ich fertig bin kommt Saren nur in einem Handtuch bekleidet herein.

„Ich weiß nicht was ich machen soll Bruder, ich will sie nicht zerstören aber ich weiß nicht ob ich meine Wut zügeln kann, für das was sie getan hat."

Ich denke kurz über seine Worte nach und dann fällt mir wieder meine Idee ein die mir beim Putzen kam.

„Ich habe da eine Idee Saren, ich habe mir gedacht, dass dich dieser Zwiespalt verrückt macht."

Er wendet sich mir zu und setzt sich auf das Bett was ich gerade frisch gemacht habe und deutet mir fortzufahren.

„Ich hatte die Idee das wir sie zusammen benutzen könnten, denn dann kann ich dich im Zaum halten, wenn du dich selbst verlieren würdest und sie weiß dann genau mit wem sie es zu tun hat und dass sie besser Kooperieren sollte."

Ich sehe das er über meinen Vorschlag nachdenkt und hoffe das er ihm zustimmt.

„In Ordnung, danke das du mich davon abhältst unsere Kate zu zerstören, denn das würde ich noch mehr bereuen."

Ich freue mich wirklich sehr das es so einsichtig ist und nun freue ich mich auf den Tag an dem wir uns holen was uns gehört. Sie wird uns hassen und lieben und schreien aus Zorn und Lust. Sie wird Weinen vor Freude und aus Schmerz, sie wird all unsere Zuneigung bekommen nur weiß sie noch nicht wie diese aussehen wird.

Kate

Der Abend vergeht wie im Flug und ich falle erschöpft in mein Bett und schließe meine Augen, der letzte Abend war wirklich merkwürdig, ich frage mich werde die beiden wahren und warum sie ausgerechnet mir geholfen haben. Ich werde es wohl nie erfahren aber das sollte mich auch nicht stören. Die Nacht vergeht wie im

Flug und um 7:00 Uhr klingelt wie gewohnt mein Wecker.

„Ich bin froh heute wieder arbeiten zu müssen, so lenke ich mich einfach ab und schon bald werde ich es vergessen was passiert ist."

Ich blicke in den Spiegel und meine Verletzungen sind noch zu erkennen aber die blauen Flecken schaffe ich mit meinem Make-Up abzudecken und bei der Wunde am Kopf sage ich einfach das ich blöd gestürzt bin.

„Du willst heute wirklich arbeiten gehen Kate?"

Ich brauche nicht nach zu sehen um zu wissen das Rubi in der Küchen Tür steht.

„Rubi du weißt das ich das Geld brauche, wie soll ich sonst mein Studium finanzieren."

Sie schüttelt nur den Kopf sie unterstützt mich seit ich diesen Plan habe aber sie sagt das ich mich in meinen jungen Jahren noch kaputt arbeite. Seit ich 12 bin arbeite ich schon um meine Mutter zu versorgen die nach dem Tod meines Vaters zu nichts mehr im Stande war, sie trank nur noch und lag im Bett. Ich schüttele kurz meinen Kopf um diese negativen Gedanken zu vertreiben, ich muss positiv in meine Zukunft blicken denn das hat mich immer weitergebracht.

„Ich werde auf mich aufpassen Rubi und ich habe nicht die ganz lange Schicht."

Sie kommt aus der Küche und drückt mir einen Kuss auf die Wange, sie ist immer so über vorsichtig.

„Bis später liebes, Michelle und ich werden nachher noch essen gehen willst du mitkommen?"

„Nein alles gut ich werde danach nur noch etwas lernen und dann auch schon schlafen gehen."

Sie schaut mich etwas besorgt an aber nickt und geht dann wieder in die Küche und gehe aus der Tür und zucke zusammen. Direkt vor meiner Tür lehnt dieser gutaussehende Mann den ich letztens im Restaurant gesehen habe und der mich auch anscheinend an dem Abend als ich im Club war nach Hause gebracht hat.

„Hallo woher weißt du wo ich wohne?"

Ich bin ziemlich direkt denn ich habe keine Lust auf Smalltalk, da ich zur Arbeit muss und er mich auch irgendwie einschüchtert.

„Du hast eine Tasche liegen gelassen und dann lagst du da im Wald und wir hatten dich gefunden und dich nach Hause gebracht und ein Arzt hat deine Wunden versorgt."

An das gleiche erinnere ich mich auch und bin etwas beruhigter.

„Danke und was willst du hier, ich habe leider keine Zeit ich muss zur Arbeit."

Ein grinsen erscheint auf seinem Gesicht und ich bekomme eine Gänsehaut ich weiß nicht was heute mit mir los ist.

„Wohin musst du denn ich kann dich mitnehmen, deine Wunden sind noch nicht verheilt und du solltest nicht so viel laufen."

Also so langsam geht er mir auf die Nerven ich bin kein Kind mehr, aber ich habe nicht den Nerv jetzt einen Streit anzufangen.

„Nein danke mir geht es gut, ich bin nicht aus Zucker und ich kenne ja nicht mal deinen Namen."

Er zieht eine Augenbraue in die Höhe und richtet sich auf, Gott dieser Mann muss ein griechischer Gott sein, in seinem Anzug kann man nur erahnen was sich darunter befindet. Zum Teufel Kate reiß dich zusammen, Männer haben keinen Platz in deinem Leben. Mein anders ich hat ja recht aber es hat keine Augen so wie ich und er sieht wirklich gut aus aber seine Art macht mir Angst. Ich wende mich ab zu gehen da packt er mich an meinem Unterarm, ich drehe mich um und will ihm eine Ohrfeige verpassen. Er ist schneller und auch Stärker und fängt meine Hand auf. Seine stechend blauen Augen Mustern mich.

„Sei einfach dankbar und steig in das verdammte Auto, oder ist das deine Art sich zu bedanken?"

Er lässt mich los und ich schaue ihn mit großen Augen hinterher als er mir die Tür seines Autos aufhält.

„Steig ein sonst kommst du auch noch zu spät zum Arbeiten."

Woher weiß er denn bitte wann ich arbeiten muss, da er ziemlich angepisst wirkt frage ich nicht weiter nach und steige ein.

„Sagst du mir auch wohin ich fahren muss oder soll ich das erraten."

Wie kann ein Mensch nur so arrogant sein, ich gebe ihm die Adresse und die ganze fahrt herrscht ein unangenehmes schweigen. Ich bin froh als ich das Bistro entdecke und ich will gerade aus dem Auto springen als ich merke das es verriegelt ist.

„Ich muss hier raus und du warst ja so besorgt das ich

zu spät komme."

Wieder zieht er die Augenbraue nach oben, so langsam nervt mich diese kleine Gestik. Er lehnt sich zu mir herüber und flüstert mir ins Ohr:

„Pass auf dich auf es gibt gefährliche Männer hier auf den Straßen süße Kate."

Diese Worte jagen einen Schauer durch meine Adern und ich bekomme eine Gänsehaut, mit diesen Worten lässt er mich gehen und ich flüchte in das Bistro.

„Hallo Kate, du hast doch noch genug Zeit warum bist du denn schon so früh hier?"

Coleen ist so gut gelaunt wie immer aber ich merke diesen besorgten Unterton.

„Hey Coleen, ich habe es zuhause einfach nicht mehr ausgehalten und ich habe dich vermisst, wie war denn dein Abend letztens?"

Bei der Frage erhellen sich ihre Gesichtszüge und sie beginnt zu erzählen von dem Typen mit dem sie getanzt hat und mit dem sich gestern auch essen war in einem schicken Restaurant, ich höre ihr gespannt zu aber immer wieder tauchen diese blauen Augen in meinem Kopf auf mit dieser Wahrung. Was meint dieser Typ denn damit.

„Er hatte auch nach dir gefragt ich habe ihm erzählt das es dir nicht so gut ging, wie geht es dir denn heute?"

Ich überlege kurz was ich ihr sage, denn sie muss nichts wissen von dem unheimlichen Typen.

„Es tut noch ein wenig weh aber nicht mehr so wie gestern Morgen, es heilt auch wirklich gut."

Sie strahlt mich an und auch meine Laune hebt sich ein wenig und wir beginnen mit der Arbeit. Es verläuft ruhig und wir haben spaß daher bleibe ich bis zum Schluss mit Coleen. Als es dunkel wird wechselt das Publikum und die jungen Leute kommen und bestellen die üblichen Sachen, wir haben unsere Bereiche aufgeteilt was es uns einfach macht nicht durcheinander zu kommen. Eine Bestellung nach der anderen arbeiten wir aber, bis Coleen mit einem merkwürdigen Blick auf mich zu kommt.

„Das sind zwei Männer die wollen unbedingt nur vor die bedient werden."

Ich schaue sie an, es kam schon häufiger vor da mich viele Männer attraktiv finden.

„Sag ihnen das ich beschäftig bin und auch in meinem

Bereich kein Platz mehr ist."

Sie schaut mich etwas verlegen an aber geht dann wieder in die Richtung von der sie kam, ich arbeite des Weiteren meine Bestellungen ab als ich auf dem Rückweg mit einer Brust zusammen Stoße und fast zu Boden Falle. Ich hebe meinen Blick und da sind sie wieder diese blauen Augen.

„Sagt man nicht das der Kunde König ist und ich wurde gerade höfflich abgewiesen von deiner Kollegin das du uns nicht bedienen willst."

Der Typ ist echt dreist, ich fange an vor Wut zu kochen, reiße mich aber zusammen um in dem Bistro keine Szene zu machen.

„Entschuldigen sie bitte Sir aber ich habe heute den anderen Bereich und meine Kollegin Coleen betreut ihren Bereich."

Wieder wende ich mich ab aber als ich es schon geahnt habe packt er mich wieder, ich rolle drauf hin nur mit den Augen.

„Wenn wir sagen das nur du uns bedienst dann will ich kein Nein hören, hast du mich verstanden süße Kate?"

Im Augenwinkel sehen ich das Coleen die ganze Szene

beobachtet, ich entferne mich von dem Fremden und setzt meine Professionelle Miene auf.

„Natürlich Sir ich bin gleich bei ihnen.“

Sichtlich zufrieden wendet er sich ab und wirft Coleen ein tausend Watt lächeln zu und sie schmilzt fast dahin. Mit meinem Blick erinnere ich sie daran, dass sie einen Freund hat.

„Schauen darf man doch und vor allem hat man diese Prickeln bei euch beiden gemerkt. Kennst du diesen Typen?“

Ich überlege was ich ihr erzählen soll und beschließe den Vorfall heute Morgen weg zu lassen.

„Ich habe ihn vor kurzem in einem Restaurant getroffen in dem ich mit Rubi war und er hat mich angestarrt aber ich weiß nicht wer er ist.“

Sie schaut verwirrt aus, genauso verwirrt wie ich mich fühle warum kann er mich nicht einfach in Ruhe lassen. Ich schnappe mir meinen Bloch und sage mir immer wieder das ich einfach Professionell bleiben muss. Ich laufe an den Tisch und bekomme fast einen Herzinfarkt, die Begleitung ist wohl der Bruder von dem Griechischen Gott, es gibt einen Unterschied das sein Bruder grüne

Augen hat und dunkel haar aber ansonsten sind sie wirklich gleich. Verdammt warum muss ich das Pech haben. An dem Tisch angekommen blicke ich auf meinen Block spüre aber die Blicke der beiden auf mir.

„Was kann ich ihnen denn bringen die Herrn?"

Ich schaue kurz von dem einen zum anderen und warte dann geduldig.

„Bringe uns die Burger mit dem Speck und Rindfleisch und zwei große limos."

Ich nicke ihnen zu und eile in die Küche, ich hänge die Bestellung an die Tafel und verschwinde durch die Hintertür nach draußen.

„Kann der Tag noch schlimmer werden, warum verfolgt er mich?"

Ich atme ein paar Mal tief durch bis mir der Koch sagt das die Bestellung fertig sei. Ich bringe sie an den Tisch und lasse sie dann alleine. Mit der Zeit leert sich das Restaurant und dann kurz vor Ladenschluss kommt ein Mann herein ich erkenne ihn als den Typen mit dem Coleen getanzt hatte.

„Baby bist du fertig, ich habe eine Überraschung für dir."

Er ruft die Worte ganz Selbstverständlich durch das Bistro

und Coleen kommt direkt aus der Küche und fällt ihm in die Arme, die beiden sehen süß zusammen aus.

„Kate macht es dir was aus, wenn du Abschließt."

So wie sich mich anstrahlt kann ich ihr nicht Nein sagen.

„Nein ist schon okay, geh du nur ich mach alles hier fertig.

Und schon verschwindet sie durch die Tür und ich bin mit den beiden Männern alleine, der blauäugige kommt auf mich zu und ich Spanne mich automatisch an.

„Ich würde gerne zahlen Kate, die Burger waren wirklich sehr gut."

Ich gebe alles in der Kasse ein und schaue ihn dann an, er mustert mich wieder intensiv.

„Danke Sir ich werde es dem Koch mitteilen."

Er drückt mir die Karte in die Hand und ich stecke sie in das Gerät. Als ich sie ihm zurück gebe wendet er sich ab und sein Bruder steht im selben Moment auf und sie verlassen das Bistro. Ich schließe die Tür ab und Räume alles auf. Ich gehe durch die Hintertür und schließe sie auch ab, ich gehe durch die Straßen und atme die kühle Luft ein, sie beruhigt mich und ich schließe für einen Moment die Augen. Dann spüre ich einen Stich an meinem Hals und ich dachte es hat mich etwas gestochen, aber dann merke ich wie mir etwas schwummrig wird, ich weiß nicht ob ich allergisch bin oder ob es daran liegt das ich nichts gegessen habe. Ich halte mich an der Mauer fest als alles um mich schwarz wird. Das letzte was ich spüre sind Starke Arme die mich davon abhalten auf dem Boden aufzuschlagen.

 *Janden*

Ich habe sie den ganzen Tag beobachtet und ihre Laune ertragen aber jetzt ist es wirklich genug. Jetzt werde ich ihr zeigen wer das sagen hier hat und dass sie nur noch spricht, wenn ich es ihr ermögliche. Es ist mitten in der Nacht als Saren #und ich in unserem Rudelhaus ankommen und sie durch den Gang tragen, sie gehört zwar für immer uns aber dennoch muss noch keiner wissen das sie hier ist. Das würde nur Fragen aufwerfen warum wir einen Menschen hier haben. Das Problem schwirrt mir auch noch im Kopf herum und ich werde mir auch noch etwas einfallen lassen.

„Was denkst du wie lange es dauert bis sie wieder zu sich kommt?"

Ich denke darüber nach, weil ich ihr wahrscheinlich doch ein wenig mehr von dem mittel gegeben habe als notwendig.

„Ich denke sie wird gut einen Tag verschlafen, sag dem Arzt Bescheid er soll nur sichergehen das es ihr gut geht, sie ist in meinem Zimmer."

Er nickt mir zu und schreibt dem Arzt eine Nachricht das er noch vorbeikommt, ich werde ihn gut entlohnen müssen das er das für sich behält.

Wir kommen in meinem Zimmer an und ich lege sie auf mein Bett, sie sieht so verletzlich und zerbrechlich aus, aber das wird mich nicht daran hindern sie zu bestrafen für ihr Verhalten. Wenige Minuten später kommt auch schon der Arzt mit Saren,

„Ich wusste das ich dieses Mädchen nicht zum letzten Mal gesehen habe, so wie sie hier liegt wirst du ihr wohl ein wenig zu viel des Mittels gegeben haben oder Alpha Janden."

Normalerweise würde ich ihn dafür zurechtweisen aber er hat Recht und ich kenne ihn schon seit ich ein Teenager war.

„Nun ja ich war wohl etwas zu wild im Umgang mit der Spritze, kannst du schauen das es ihr gut geht Greg?"

Er schmunzelt und nickt mir dann zu und Untersucht Kate.

„Es geht ihr gut und sie wir mindestens 24 Stunden schlafen, überlegt euch schonmal wie ihr sie beruhigt."

Wieder schmunzelt er und ich bedanke mich bei ihm und nehme ihn in den Arm, er weiß das ich das nicht oft mache.

„Ach bevor du gehst, ich weiß das du mit deiner Familie ins Disneyland fahren willst, ich schenke euch 2 Wochen Urlaub mit einem Ganzen Wochenende im Disneyland in Paris."

Ich sehe wie seine Augen aufleuchten und er bedankt sich mit allem was er hat und nachdem ich ihm eine Gute Nacht gewünscht habe verschwindet er auch schon aus dem Zimmer.

„Also Bruder was machen wir jetzt mit ihr? Wir könnten sie in unser Schlafzimmer bringen das wir nie nutzen da können wir wie beide im Auge behalten, das Bett ist groß genug."

Mir gefällt die Idee meines Bruders und ich würde gerne mal wieder eine Nacht lang seine Nähe spüren, früher haben wir das oft gemacht aber jetzt wollen wir nicht das das Rudel falsch von uns denkt. Ich nicke ihm zu und gehe voraus um uns noch etwas zum Essen zu holen.

Saren legt Kate in seine Arme und ich spüre wie sein Herz klopf vor Aufregung sie endlich bei sich zu haben. Auch ich bin voller Adrenalin und kann es kaum erwarten, wenn sie endlich wieder wach ist.

„Ich bin gleich wieder da Bruder leg sie ins Bett und warte in der Dusche auf mich süßer."

Er lacht laut auf und beinahe wäre ihm sein Phönix aus den armen gefallen, er liebt es, wenn ich so spielerisch gelaunt bin und das bin ich wirklich, ich habe dieses Gefühl in mir endlich vollständig zu sein, auch wenn ich weiß das es ein langer Weg mit Kate werden wird bis sie nicht bei der ersten Möglichkeit die Fluch ergreift. Aber diese Möglichkeit werde ich ihr nicht geben, sie gehört uns und wir werden sie jetzt da wir sie endlich in unseren Krallen haben nicht mehr loslassen. Mit einem Lächeln auf den Lippen laufe ich die Treppe herunter und alles ist Still, ich bin froh das keiner außer uns im Rudelhaus lebt, somit haben wir unsere Ruhe, wenn wir sie brauchen. Ich schnappe mir ein Paar Snacks und einen Wein und gehe wieder zurück. Mein Bruder liegt mit nacktem Oberkörper in seinem Bett und schaut auf den Phönix hinab.

„Bruder was machen wir, wenn sie wach wird während wir schlafen?"

Er schaut noch einen kurzen Moment auf ihren schlafenden Körper, wir wissen beide das sie toben vor Wut sind obwohl sie noch glücklich sein kann das sie überhaupt noch am Leben ist.

„Wir haben nicht umsonst ein Mettalgestell in all unseren Zimmern, bevor wir schlafen gehen werde ich sie fesseln und knebeln das sie auch nicht auf die Idee kommt zu schreien."

Ich schaue Saren an und da ist es wieder sein teuflisches Grinsen, er liebt es, wenn sie wehrlos sind und man nichts hört außer einem Wimmern. Ich gehe in die Dusche und entspanne mich ein wenig. Den restlichen Abend verbringen wir mit Gespräche über das Rudel. Es ist schon spät als wir uns hinlegen zum schlafen und Saren löst sein Versprechen ein und fesselt sie mit Handschellen und einer goldenen Kette am Kopfteil und klebt ihr Klebeband auf den Mund. Sie liegt in unserer Mitte und ihr Brustkorb hebt und senkt sich leicht, zum Glückt atmet sie durch die Nase sonst wäre sie die Ganze seit am Husten um das Klebeband zu lösen was nicht passieren kann.

„Gute Nacht, morgen müssen wir sie in unsere Kammer bringen und dafür sorgen das niemand sie hört."

Er nickt mir zu und schaltet das Licht aus, wir müssen morgen auch noch zum Summer Moon Rudel, sie wollen sich mit uns Verbünden um Geschützt zu sein vor Angriffen von Wölfen die kein Rudel haben. Also muss die hübsche Rose warten bis wir uns um sie kümmern können. Ich lege mich hin und fall in ein ruhigen und traumlosen schlafen

Mein Kopf schmerzt schon das zweite Mal in kurzer Zeit doch diesmal kann ich nicht sagen warum, ich bin nach dem Arbeiten nach Hause gegangen und mehr weiß ich nicht außer das ich nie zuhause angekommen bin, aber warum was ist passiert. Ich lass mir den Abend durch

den Kopf gehen und dann fällt mir wieder dieser nervige Typ ein mit seinem Bruder. Ich will mich setzen komme aber nicht weit als ich merke das meine Hände gefesselt sind. Ich wollte schreien aber auch das ist mir verwehrt, sie haben mir den Mund zugeklebt. Was zum Teufel war das und was mache ich um fliehen zu können. Ich schaue mich im Raum umher und das hört mein Herz einen Moment auf zu schlagen, denn genau da liegen sie die beiden Monster die mich entführt haben. Sie schlafen seelenruhig als ob nichts Falsches an der ganzen Situation ist. Ich versuche es weiter mich irgendwie zu befreien aber es hat keinen Sinn, ich starre die beiden an, sie sind makellos, beide durchtrainiert und tätowiert, dafür sind sie innerlich komplett geisteskrank.

„Guten Morgen Kate, wie ich sehe bist du ganz Munter." Ich zucke zusammen, verdammt er hat mich dabei erwischt wie ich sie angestarrt habe, wer weiß was dieses kranke Arschloch sich jetzt denkt. Ich schaue weg und will an die Decke schauen aber er packt mich am Kinn und diese blauen Augen Starren mich an als ob ich das pure böse bin. Was habe ich denn jetzt bitte getan, war der Burger etwa so schlecht das man mich entführen muss. Ich erwidere seinen Blickt mit der gleichen Nachricht in ihnen denn noch immer bin ich geknebelt und ich habe den Gedanken das es sich nicht so schnell ändern wird.

„Guten Morgen Saren, schau mal wer schon wieder Angriffslustig ist."

Wieder zucke ich zusammen und dann spüre ich auch schon wie mich starke Hände anfangen zu streicheln, ich versuche mich zu wehren aber der Griff um mein Kinn wandert an meinen Hals und erdrückt ein wenig zu, ich spüre wie ich weniger Luft bekomme aber er macht keine Anstalten seinen Griff zu lockern. Verdammt, was mache ich jetzt nur?

„Hübsche Kate, wehre dich nicht, du gehörst jetzt uns und wir werden mit dir machen was uns gefällt."

Bei diesem lächeln läuft ein eiskalter Schauer über den Rücken, warum habe ich das Gefühl das diese Worte nichts Gutes Bedeuten. Mir stellt sich da die Frage warum ich, was habe ich denn bitte getan. Er muss die Angst in meinen Augen sehen auch wenn ich versuche sie zu verstecken aber ich scheitere kläglich. Er lässt meinen Hals los und ich nehme einen tiefen Zug durch meine

Nase, dieser Bastard ich würde ihn umbringen, wenn ich könnte.

„Du hast keine Ahnung warum du hier bist süße Kate?"

Dieses Lachen geht mir so langsam wirklich auf die Nerven.

„Eigentlich wollten wir dich erst später Entführern aber dann meintest du kleiner Phönix mein Auto zu demolieren."

Ich bekomme große Augen, sein Auto nein das muss ein Irrtum sein denn ich habe das Auto dieser Frau zerstört. Wie kann das sein.

„Wir wissen das du es warst und das mein Auto dem dieser Frau ähnlichsieht, aber das ändert nichts daran. Ich werde dich bestrafen!"

Mein Magen rutscht in die Hose und mir ist auf einmal ganz schlecht, aber das war keine Absicht, aber das kann ich ihm nicht sagen. Meine Wut entfacht ein Feuer in mir und ich versuche erneut mich zu befreien aber wieder ohne Erfolg, frustriert stöhne ich in das Klebeband.

„Wann gibst du endlich auf, wenn wir wollen würden das du entkommen könntest dann hätten wir dir eine Chance gelassen."

Dieses eingebildete Arschloch, noch nie habe ich so oft jemanden beschimpft als diesen Typen, von dem ich immer noch nicht seinen Namen kenne. Sein Bruder hatte einen ganz komischen Namen den ich noch nie gehört habe. Saren was soll das bedeuten und warum, wenn der Typ sein Bruder ist haben sie nicht die gleiche Augenfarbe? Ich schüttele den Kopf über meine Absurden Gedanken. Kate reiß dich zusammen, du kannst nicht einfach aufgeben, nicht solange du nicht weißt was diese beiden Psychopathen vorhaben.

„Komm Saren lass und Duschen und dann müssen wir auch gleich schon los.‘‘

Er schaut an mir vorbei und ich spüre da eine merkwürdige Verbindung, ich weiß nicht ob das normal ist bei Geschwistern denn ich habe keine, auf jeden Fall ist es beunruhigend. Beide stehen auf und gehen in einen anderen Raum von dem ich glaube das es das Bad sein muss. Und ich bin alleine mit mir und meinen Gedanken. Verdammt was isst mit Rubi, was wird sie denken, wenn ich nicht nach Hause gekommen bin, ich kann nicht mal etwas tun um sie beruhigen zu können. Mir steigen Tränen in die Augen, wie konnte das nur passieren, nur weil ich einmal meine Impulse nicht unter Kontrolle hatte, warum ausgerechnet musste das Auto einer dieser Psychos sein? Ich versuche mich zu beruhigen aber es klappt nicht, aber es hat einen Effekt den ich nicht ignorieren kann, das Klebeband löst sich aufgrund meiner geweinten tränen die mir über das Gesicht gelaufen sind. Ich helfe mit meiner Zunge um auch noch das letzte bisschen los zu bekomme, sobald es weg ist schreie ich so laut ich kann und hoffen das mich irgendjemand hört, wenn wir denn nicht alleine sind denn das ist wirklich im Augenblick meine einzige Chance hier raus zu kommen. Aber eins habe ich nicht bedacht das auch diese beiden Monster meinen Erfolg mitbekommen werden. Sie stehen beide nach wenigen Sekunden am Bett und wenn mich Blicke töten könnten, würde ich jetzt nicht mehr leben.

„Was haben wir dir gesagt, du sollst ein braves Mädchen sein."

Ich höre den Zorn in seiner Stimme heraus und ich könnte mich selbst schlagen für meine unüberlegte Idee zu schreien.

„Wir können nicht mehr warten steck ihr etwas in den

Mund Bruder und dann bringen wir sie weg."

Ich bekomme Angst, wo wollen sie mich denn hinbringen und vor allem was werden sie damit mir machen, habe ich eine Chance zu überleben oder machen sich die beiden ein Spiel daraus mir Angst ein zu jagen. Ich schaffe es nicht darüber nach zu denken da steckt mir der Typ ein Tuch in den Mund und diesmal nimmt er noch ein anders um es hinter meinem Kopf verbinden zu können. Sie lösen die Kette am Bett aber meine Hände bleiben gefesselt und der Typ ohne Name zerrt mich an der Kette hinter sich her. Er öffnet die Tür und ich will stehen bleiben aber Saren steht hinter mir und schubst mich, wir laufen nicht weit als Saren an uns vorbei geht und die Tür zu einem Raum öffnet und mich dann gemeinsam mit seinem Bruder hereinführt, es ist dunkel und doch laufen dich beiden Zielstrebig an eine stelle die ich nicht mal sehen kann, aber was ich spüren kann ist das die Kette wieder an etwas festgemacht wurde. Ich sehe nichts und jeder Flucht versuch wäre sinnlos und auch schmerzhaft also versuche ich es erst gar nicht.

„Wir werden viel Spaß mit dir haben kleine Rose."

Also bei Gelegenheit muss ich sie fragen was es mit

diesen Spitznamen auf sich hat denn sie gehen mir wirklich auf die Nerven. Ich kann immer noch nichts sehen aber ich spüre das die beiden sich von mir entfernen. Wollen die mich jetzt ernsthaft hier alleine im Dunkeln lassen. Gerade als ich protestieren wollte geht ein licht an und ich schließe aus Reflex meine Augen da sie sich gerade an die Dunkelheit gewöhnt haben. Ich öffne sie langsam und wünschte ich hätte es nicht getan, denn ich bin in einer Folter Kammer gelandet, überall Ketten und eine Bank und ein Pranger. Sie müssen an meinen aufgerissenen Augen erahnen das ich unter Schock stehe.

„Ach kleiner Phönix wir werden dich schreien lassen vor Lust und schmerz."

Ich lasse einen erstickten schrei los, also so langsam muss ich mir wirklich einen Plan ausdenken um hier weg zu kommen, denn ich will nicht erleben wie sie mich schreien lassen und

was sie mir alles antun werden.

„Rose keine Angst, wenn du ganz brav bist werden wir dich sogar am Leben lassen."

Das ist zu viel für meinen Körper und ich spüre wie er

anfängt zu Zittern, ich versuche alles um mein Herz zu beruhigen aber ich Scheiter und ich sehe kleine helle Punkte vor meinem Gesicht. Scheiße wo bin ich denn hier gelandet und das alles nur wegen ein Paar Kratzer in einem Auto. Mir ist schwindelig und ich habe Angst.

„Schau mal Bruder, unsere kleine hat Angst vielleicht wird sie jetzt Reue zeigen was sie mit deinem Auto angestellt hat."

Männer und ihre verdammten Autos, es ist doch nur ein Auto und es ist ja nicht so dass es einen total Schaden hat, es hat nur ein Paar Kratzer. Ich wünsche ich könnte ihnen sagen wie bescheuert ihre Reaktion auf ein paar blöden schrammen und

es mir auch nicht leid tut nachdem ich die beiden jetzt kennen gelernt habe. Wie kann jemand nur so arrogant sein, ja sie sehen gut aus und so aber das gibt ihnen noch lange nicht das Recht eine frau zu entführen und ihr sogar den Tod anzudrohen.

„Prinzessin wir lassen dich jetzt alleine, wir wünschen dir viel

Spaß aber pass auf dich auf, es wird dich keiner hören."

Verdammt und ich hatte gerade Hoffnung das, wenn ich

laut

genug schreie das es vielleicht einer hören könnte aber wahrscheinlich ist hier auch überhaupt niemand, wenn ich aus dem Fenster schaue sehe nur Bäume. Wo bin ich denn hier gelandet und werden sie mich wirklich umbringen oder was werden sie mit mir machen. Es vergehen gefühlt stunden

ohne das einer kommt, ich habe auch kein Zeitgefühl aber was ich weiß das es schon dunkel wird.

 Janden

Diese Frau hat echt Feuer und ich freue mich darauf es zu löschen oder sogar noch weiter zu entfachen, ich werde ihr schreie entlocken wie sie es selbst noch nie erlebt hat, ich werde sie kommen lassen bis sie so richtig ausläuft und mich anbettelt aufzuhören aber ich werde ihr das nicht erlauben denn ich entscheide wann, wo und wie lange sie Lust empfindet und wir werden die einzigen sein die ihr dieses Vergnügen bereiten.

„Bruder es wird nicht einfach sein sie zu zähmen und denkst du wirklich sie sagt die Wahrheit das es keine Absicht von ihr war mein Autor zu zerkratzen."

Ich sitze an meinem Laptop und beantworte ein Paar Mails die ich die letzten stunden bekommen habe aber ich kann mich nicht wirklich konzentrieren denn meine Gedanken wandern immer zu ihr, dieses hübsche Wesen in unserem Käfig. Was wird sie wohl gerade machen oder woran denkt sie.

„Saren ich weiß es nicht aber die Ähnlichkeit mit dem Auto der Frau ist wirklich verblüffend und sie war ja auch ziemlich wütend auf sie."

Ich bin mir ziemlich sicher, dass es nie ihre Absicht war das Auto zu zerstören aber wir können es ihr auch nicht so einfach machen und sie glauben lassen das so eine hübsche frau wie sie uns einfach um den Finger wickeln kann. Es wird uns eine Freude sein mit ihr zu spielen.

Aber ich sollte mich nun wirklich um die Geschäft kümmern denn unser benachbartes Rudel meldet das sie Schurken gesichtet haben und erbitten unsere Hilfe falls es zu eine0000m Angriff kommen sollte. Unser Vater ist durch so einen Angriff gestorben und erst vor einem Jahre konnte ich seinen Tod rächen und es ist ein befriedigendes Gefühl für uns gewesen.

„Wir werden uns etwas einfallen lassen wir wollen deinen Phönix ja nicht zerstören, sondern sie nur in ihre Schranken weisen."

Er nickt und ich weiß das er damit hadert ihr die Sache einfach durchgehen zu lassen und ich muss dafür sorgen das er nicht schwach wird.

„Es ist wichtig das du deine Stellung vertrittst denn sonst werden es bald alle wissen das du schwach geworden bist und das bei einer Frau auch wenn es unsere Frau ist."

„Du hast ja recht Bruder aber schau sie dir doch mal an sie ist Perfekt und wie könnten wir sie da leiden lassen."

Also so langsam verliere ich meine Nerven auch wenn er mein Bruder ist habe ich keine Angst davor ihn zu bestrafen und ihn zu Vernunft zu bringen.

„Saren kapierst du es nicht, sie muss lernen wo ihr Platz ist und das wird sie nicht, wenn du ihr alles erlaubst, ich verspreche dir sonst sobald wir die Tür öffnen ist sie weg, willst du das?"

Ich habe mich zu meiner vollen Größe aufgerichtet und dann bin ich mit meinen imposanten 1,99 immer noch fast 10cm größer als Saren und das reicht eigentlich immer um ihn wieder auf den Boden der Tatsachen zu bringen. Und wie ich geahnt hatte lenkt er ein und zeigt Verständnis für meine Reaktion. Ich bin eigentlich nie so hart zu ihm aber seit er diese Frau gesehen hat dreht er durch und denkt oft nur mit seinem Schwanz.

„In Ordnung wir werden sie beide bestrafen auch wenn es mir nicht leichtfällt."

Damit wendet er sich ab und verschwindet aus unserem Rudelhaus. Ich raufe mir die Haare, ich muss dafür sorgen das, das Ganze nicht noch zu einer Belastung für uns wird. Denn solange das Rudel nichts von ihr weiß müssen wir alles dafür tun das es so bleibt und sie uns dennoch nicht von der Arbeit abhalten tut. Gerade als ich mir Gedanken über die Bestrafung unserer Rose mache klopft es an meiner Tür.

„Ich hoffe du hast einen guten Grund mich zu stören:"

Ich bin ein wenig gereizt seit heute Morgen hatte ich keine Minute für mich. Unser Beta öffnet die Tür einen Spalt und ich sehe das er etwas ängstlich ist. Er ist noch so jung aber ich habe es seinem Vater kurz vor seinem Tod versprochen das er den Platz unseres Betas antreten wird sobald er seine erste Verwandlung hinter sich hatte und dies geschieht mit dem 18. Geburtstag.

„Alpha Janden, ich würde kurz mit ihnen etwas besprechen."

Ich winke in herein und zeige auf den Platz direkt vor mir und er setzt sich etwas zögerlich.

„Was gibt es denn ist mit unseren Wachen alles in Ordnung, gibt es Probleme mit den Schurken oder den Vampiren.?

Er schüttelt bei allen Punkten den Kopf also bin ich schon ein wenig beruhigter, krieg mit den Umliegenden Kreaturen muss ich jetzt nicht haben auch wenn ich weiß das die Schurken nur darauf warten bis sie eine Schwachstelle finden, aber ich werde dafür sorgen, dass es diese nicht geben wird.

„Was gibt es dann so Wichtiges das du an meinem freien

Tag in mein Büro kommst?"

Er schaut zögerlich auf seine Hände die er gerade zum fünften Mal an seiner Hose gerieben hat. Was hat der Junge denn heute nur, normal ist er immer der starke Mann und das für sein zartes alter von 21 Jahren.

„Alpha ich habe meine Gefährtin gefunden und ich möchte sie beim nächsten Vollmond für mich beanspruchen."

Ich bin etwas geschockt, er ist erst 21 nur wenige von uns finden ihre Gefährtin in den jungen Jahren. Wir sind beide schon 28 und bei dem Gedanken das wir unsere Gefährtin noch nicht gefunden haben gleiten meine Gedanken zu Katelyn, aber sie ist ein Mensch, bei ihr würde das Gefährten band sie umbringen können. Ich habe nur von einem Menschen gehört der überlebt hat nachdem sie von einem Werwolf markiert wurde, er war auch ein Alpha aber auch wer hat Wochenlang um ihr Leben gekämpft. Ich muss meine Gedanken in den Griff bekommen hier geht es nicht um mich.

„Herzlichen Glückwunsch, der nächste Vollmond ist erst in ein paar Monaten also haben wir noch genügend Zeit zum Planen. Morgen Abend veranstalten wir ein Essen nur für euch und dann kannst du deine Entscheidung verkünden und uns die Glücklich vorstellen."

Diese Zeremonie kann man vergleichen mit einer Menschlichen Hochzeit nur das es bei uns für immer ist denn trennt man sich von seinem Gefährten oder einer stirbt leidet der andere Quallen die bei nicht so Starken wölfen bis zum Tod führen können. Die Verbindung wird geschlossen vor dem ganzen Rudel und anders wie bei einem Alpha der seine Luna findet muss der Beta nicht bis zum nächsten Vollmond einen Welpen zeugen. Wieder tauch Katelyn vor meinem inneren Auge auf, sie könnte niemals einen Welpen von uns tragen, ihr zarter Körper würde ihn gar nicht ernähren können, weil er viel schneller wächst als bei Menschen.

Dieses Thema werde ich noch mit Saren besprechen müssen, dass wir da sehr vorsichtig sein müssen auch wenn es wirklich selten vorkommt das ein Mensch von einem Wolf geschwängert wird ist es nicht unmöglich.

"Saren komm bitte in mein Büro wir haben etwas Dringendes zu besprechen."

Über unsere Gedankenverbindung habe ich ihm bescheid gegeben, ich hoffe er ist nicht gerade mit seinem Phönix beschäftigt denn ich brauche ihn bei klarem Verstand.

„Razan, ich werde alles für morgen vorbereiten und dann klären wir auch die ganze Zeremonie."

Er bedankt sich bei mir und huscht mit einem breiten Grinsen aus meinem Büro, ich sehe ihm an das er wirklich glücklich ist und ich gönne es ihm von Herzen, er war immer so voller Trauer und Wut und hatte genauso wie wir erst den Frieden gefunden nachdem wir uns gerächt hatten.

Saren

Verdammt als ob die Mondgöttin etwas gegen mich hat, ich wollte gerade frisch geduscht nur in einer Jeans bekleidet zu meinem kleine Phönix, der bestimmt vor Wut tobend an ihren Fesseln zerrt und versucht den Knebel los zu werden.

„Tja Schätzchen dann musst du wohl noch warten."

Gerade als ich unseren Käfig betreten wollte erklingt

Jandens stimme in meinem Kopf, dass es etwas Wichtiges gibt. Verdammter Bruder, manchmal weiß er genau wie er mich nerven kann. Aber er muss jetzt warten, denn ich muss sie sehen, sie spüren und ihr liebliches Fauchen in meinen Ohren lassen mich voller Energie leuchten. Ich zücke den goldenen Schlüssel und öffne die Tür, meine Augen brauchen nur wenige Sekunden bis sie sich an die Dunkelheit gewöhnt haben und ich durch meine Wolfsaugen ihren perfekten Körper entdecken, sie ist schlank aber mit den Kurven an den richtigen stellen ihr langes rotes Haar fällt in zerwühlten Wellen über ihren Rücken. Wie gerne würde ich jetzt ihre Haare packen und sie in ihren Nacken ziehen und sie hart küssen aber ich will das sie meine Anwesenheit spürt aber nicht sehen kann das steigert das Adrenalin. In leisen Schritten näher ich mich ihr und ich Höre ihr lautes und schnelles Herz schlagen, genau das wollte ich erreiche sie hat Angst was als nächstes passiert und da glaubt mein schlauer Bruder das ich weich geworden bin bei meinem Phönix einen Moment habe ich das auch gedacht und wollte sie nicht bestrafen aber jetzt wo ich ihren perfekt Körper sehe bin ich der Meinung dass er eine Zeichnung von mir brauchen könnte, sie wird es niemals vergessen und es wird sie markieren als mein Eigentum sichtbar für alle Menschen falls wir sie jemals unser Gebiet verlassen lassen wird jeder Mann sehen das sie vergeben ist. Der Gedanke daran, dass sie irgendwann nicht mehr die ganze Zeit bei uns ist Schmerzt in meinem Herz. Wie kann das sein sie ist ein Mensch und mein Herz und kein Körper reagiert so dermaßen auf sie das, wenn sie ein Wolf wäre wüsste ich das sie meine Gefährtin ist und ich sie nicht nur mit einer klinge markiere, sondern meine Fangzähne in ihren Hals versenken würde und jeder andere Wolf würde dann wissen, dass sie von einem Alpha markiert wurde. Ich trete ganz nah an sie heran und sie bekommt eine Gänsehaut als sie meinen Atem auf ihrer Haut spürt.

"Hallo Kate hast du mich schon vermisst, ich wollte nur mal schauen ob es dir noch gut geht."

Trotzig schaut sie in die Dunkelheit genau in meine Richtung. Sie hat wirklich Feuer, und ich finde es toll wie sie auf mich reagiert.

"Ganz sicher ich wäre sonst gestorben, wenn ich dich nicht mehr gesehen hätte du Krankes Arschloch."

Eigentlich wollte ich sie nicht anfassen aber sie lässt mir keine andere Wahl, ich packe ihre Haare und Wickel sie um meine Faust und ziehe ihren Kopf in den Nacken. Sie stöhnt und funkelt mich zornig an. Wie ich das liebe, sie kämpft gegen mich an obwohl sie gefesselt ist also entweder ist sie verrückt oder sie ist einfach nur streitlustig.

"Hat man dir als Kind nicht beigebracht das man so etwas nicht sagt, tztztz.

Tadelnd schüttele ich den Kopf. Ich entferne mich ein wenig von ihr um eine Kerze zu holen, sie soll noch nicht das ganze Ausmaß unseres Spielzeugsammlung sehen.

"Hat dir deine Mutter nicht beigebracht, dass man Frauen mit Respekt behandelt und nicht einfach entführt."

Ich weiß das es nicht ihre Absicht ist, aber als sie von meiner Mutter spricht brennt eine Sicherung bei mir durch und ich bin in Sekunden bei ihr packe mit meiner rechten Hand ihre Kehle und drücke zu, erst als sie beginnt zu hecheln lasse ich locker aber lasse nicht los. Ich näher mich ihrem Ohr und zische in einem Gefährlichen Ton

"Rede nie wieder über meine Mutter oder dein hübsches

Köpfchen wird getrennt von deinem Körper begraben werden."

Die Panik steht ihr ins Gesicht geschrieben und bevor ich etwas Dummes tue stecke ich ihr den Knebel wieder in den Mund und kontrolliere ihre Fesseln bevor ich den Raum verlasse. Janden wollte mich sehen, jetzt ist der richtige Zeitpunkt um zu ihm zu gehen. Wie kann dieses kleine Miststück wagen über unsere Mutter zu sprechen sie kennt sie gar nicht und ehe ich mich versehe wird meine wütendes Feuer voller Wut mit neuem Holz zum Brennen gebrach. In langen Schritten laufe ich zu seinem Büro. Auf dem Weg kommt mir Razan entgegen der von ihr zu Ohr am Grinsen ist. Warum haben alle so gute Laune nur ich nicht. Ich will sie einfach nur erwürgen und sie Betteln hören wie sie ihren Letzen Atemzug macht. Ganz tief in meinem Kopf sind da Proteste aber die schiebe ich schnell beiseite. Es ist keine Zeit um Mitgefühl für die zu entwickeln die uns nur schaden wollen. Wie hatte ich glauben können das es eine Frau geben würde die mich glücklich machen könnte. Vor dem Büro meines Bruders atme ich kurz ein und trete dann ein. Er sitz auf seinem Sessel in der Ecke und trinkt einen teuren

Whiskey der noch aus der Sammlung unseres Vaters stammt.

"Warum hat das so lange gedauert, warst du mit Katelyn beschäftigt?"

Also er ihren Namen Aussprach und mir dabei ins Gesicht schaut sieht er wie ich schäumend vor Wut bin.

"Rede nicht von dem kleinen Miststück sie hat es gewagt über unsere Mutter zu reden."

Janden hat den Tod besser verkraftet als ich, er steht auf und stellt sein Glas auf den Tisch. In nur wenigen Schritten ist er bei mir und nimmt mich wortlos in den Arm.

"Bruder ich weiß sie hat es nicht mit Absicht gesagt und woher soll sie wissen das Mim Tod ist. Sie kennt uns nicht sie weiß nicht wer oder was wir sind und das schüchtert sie ein."

Ich verstehe ja was er sagt aber es macht mich einfach so wütend und ich kann nichts dagegen tun um dieses Gefühl auch in der Zukunft los zu bekommen.

"Du wolltest mich sprechen was ist denn so wichtig?"

Ich versuche von meinen Gefühlen abzulenken und die Miene meines Bruders nimmt einen unschlüssigen

Ausdruck an. Was liegt ihm denn auf dem Herzen?

"Razan hat seine Gefährtin gefunden und sie kommen morgen zum Abendessen vorbei um alle Einzelheiten der Zeremonie zu besprechen und dass wir die Frau an seiner Seite kennenlernen könne."

Ich lasse mir den Gedanken kurz durch den Kopf gehen. Das sind doch gute Neuigkeiten aber dennoch strahlt er nicht und genau das ist das was mich verunsichert, was geht denn nicht in seinem Kopf vor? Er ist immer so schweigsam das ich manchmal denke das ich nur ein Freund bin und nicht sein Bruder. Gerade als ich ihn danach fragen wollte fährt er fort:

"Da gibt es noch etwas, was machen wir mit Kate, auch wenn wir sie als Gefährtin akzeptieren werden wir sie nicht markieren können, das würde sie nicht überleben."

Der Gedanke kam mir auch schon in den Sinn aber jetzt wo Janden in laut ausspricht wird der Gedanke real und das verunsichert mich

"Heißt das wir müssen sie für immer verstecken oder noch schlimmer sie gehen lassen."

Seine stechend blauen Augen schauen mich an als ob ich verrückt geworden bin. So wie er aussieht hat er sich einen, Plan zurecht gerückt der mich davon überzeugen wird das wir unser Kate behalten können ohne, dass sie unmenschliche schmerzen erleiden muss.

"In Moment müssen wir uns eh erstmal in klaren werden was wir für sie empfinden."

Bei seinen Worten denke ich an den Moment als mein Herz gepocht hat, ich beschließe ihn zu fragen ob sowas möglich ist.

"Bruder gab es in der Geschichte mal einen Fall das ein Alpha die gleiche Verbindung gespürt hat bei einem Menschen wie bei einer zukünftigen Gefährtin?

Er schaut mich an und seine Augen weiten sich bei meiner Frage.

"Ich muss das recherchieren, warum fragst du das denn?"

Ich zögere ein wenig, ich will ihn nicht verärgern aber das was ich gefühlt habe war einfach verrückt.

"Ich habe dieses Gefühl bei Katelyn gehabt deswegen bin ich unsicher."

Jetzt sieht er wirklich schockiert aus, verdammt. Ist er heute wirklich so leicht aus der Fassung zu bringen oder was ist los bei ihm?

"Es gab einen Alpha der eine menschliche Gefährtin hatte und ich weiß das sie bei der Bindung fast gestorben wäre, nur durch viel Pflege und sein Blut hat sie es geschafft."

Jetzt bin ich derjenige der wirklich geschockt ist, wenn sie fast gestorben ist wie wird es dann unserer Kate gehen, wenn Sie von uns beiden markiert wird. Es muss doch einen Weg geben sie als unser Eigentum zu markieren, aber erstmal muss ich erfahren, wenn er bei ihr ist ob er auch diese Gefühl bei ihr bekommt. Diese kribbeln in allen Gliedmaßen dieses Feuer das entfacht wird wenn ich sie berühre, das Gefühl das ihr Feuer auf mich übergeht und wir gemeinsam in Flammen aufgehen.

"Lass uns sehen wie es auch entwickelt und ich werde versuchen Kontakt mit dem Alpha aufzunehmen."

Ich nicke, vielleicht kann er uns ja mehr erzählen und vor allem bin ich neugierig, wie es seiner Gefährtin heute geht. Ich wende mich zum Gehen und lächle meinen Bruder an, es scheint so, als ob es vielleicht doch noch eine Chance geben könnte für uns drei. Aber erstmal muss ich wissen, dass er die gleichen Gefühle für unseren Phönix hat wie ich sie habe. Ich weiß, dass sie ihm wirklich wichtig ist, aber ich weiß nicht, wie es in seinem Herzen aussieht, denn er schafft es nach all den Jahren diese Gefühle immer noch vor mir zu verstecken.

"Bruder möchtest du heute Abend noch in wenig spielen, bevor wir das Abendessen morgen planen?"

Mit diesem verführerischen Unterton blicke ich ihn intensiv in die Augen, während ich ihn das frage. Er und sein Schwanz reagieren sofort, denn er steht auf und ich sehe wie seine Hose schon ein wenig ausgebeult ist, ihm gefällt also der Gedanke etwas Spaß mit unseren süßen Katelyn zu haben. Seine Augen sind vor Erregung Saphir Blau, das passiert wirklich selten, denn meistens hat er dieses Gefühl sehr gut unter Kontrolle.

"Ich muss hier noch etwas fertig machen, geh schonmal vor und warte in 15 Minuten auf mich, wir werden sie so richtig zum Schreien bringen."

Nach bereits fünf Minuten warte ich vor der Tür auf meinen Bruder, ich trage wie üblich eine Lederhose, es ist kitschig, aber ich liege den Anblick, wen das Blut schön an dem schwarzen Leder herabläuft. Auch Janden trägt eine schwarze Lederhose als er aus seinem Zimmer schlendert, um seine Hüften liegt seine berüchtigte goldene Kette, keine Frau hat es länger als 5 Minuten ausgehalten, wen er ihnen diese Kette um den Hals legte. Sie hat kleine Windungen, die bei jedem ziehen, noch mehr in das Fleisch schneiden und wenn sie so zappeln kann es auch tödlich enden, auch wenn er sagt, dass es nie seine Absicht war. Hin und wieder glaube ich ihm in dem Punkt, aber manchmal sehe ich das teuflische grinsen, wenn sie vor ihm auf den Boden liegen und um ihr Leben wimmern. Aber soweit wollen wir es mit unserer Kate nicht treiben. Lächelnd wie der Teufel höchst persönlich läuft er auf mich zu.

"Heute scheint der perfekte Tag zu sein um unseren Gast zu bestrafen, ich habe mir was Schönes für sie ausgedacht und deine goldene Klinge spielt eine sehr große Rolle."

Seine Worte verheißen nichts Gutes und das gefällt mir wirklich sehr. Dennoch frage ich mich was meine Klinge damit zu tun hat.

"Wir können sie zwar nicht markieren aber wir werden ihr unsere Zeichen in über das Schlüsselbein ritzen, tief genug, dass es ihr lebenslang bleibt und sie sich an uns erinnern wird."

Dieses Lachen ist wirklich bösartig aber dennoch liegt etwas besitzergreifendes in ihr und das bedeutet das auch er sie nicht gehen lassen will. Ich bin schon voller Vorfreude, unsere Zeichen sind wirklich etwas Besonderes und ich liebe es, wenn ich es in jemanden verewigen kann der mir etwas bedeutet.

"Dann lass uns mal anfangen und sehen wie viel Feuer dann noch in ihr steckt."

Wie ein altes Ehepaar schnappt er sich meine Hand und wir öffnen gemeinsam diese Tür und treten in die Dunkelheit und schließen hinter uns ab, sie soll ja nicht entkommen. Unsere Augen gewöhnen sich durch unsere Wolfsaugen schnell an die Dunkelheit.

Katelyn

Ich muss wohl eingeschlafen sein vor Erschöpfung denn ich schrecke hoch als ich die Tür ins Schloss fallen höre, meine Beine schmerzen von dem ganzen stehen, mein Kiefer schmerzt von dem Knebel und mein Magen knurrt das ich das Gefühl habe es schallt von den Wänden wieder.

"Na kleine, bist ja noch ganz munter, wenn wir fertig mit dir sind und du noch die Kraft dazu hast bekommst du etwas zum Essen."

Das Wort essen lässt mich alles andere ausblenden, so sehr Hunger habe ich. Leider kann ich sie nicht sehen aber ich bin mir sicher, dass es der blonde von den beiden gewesen sein muss denn diese hypnotisierende stimme habe ich gestern zu oft gehört. Ich denke an gestern und Panik steigt in mir aus, was wenn Rubi sich Sorgen macht, weil ich einfach verschwunden bin, wobei das wahrscheinlich erst nach drei Tagen der Fall sein wird, weil ich öfters mal schon nicht Zuhause war genauso wie sie. Dennoch wird sie versuchen mich anzurufen oder mir eine Nachricht zu schreiben. Da denke ich an den gestrigen Abend die beiden sind mir wirklich auf die Nerven gegangen aber sie haben nicht den Anschein gemacht das sie mir etwas antun wollen, aber jetzt bin ich hier in ihrer Folterkammer und weiß

Gott allein was sie mit mir anstellen werden. Ich zappele, weil es so langsam wirklich unerträglich wird zu stehen in immer kürzeren Abständen wird mir schwarz vor Augen. Verdammt ich habe auch seit Tagen nicht wirklich viel getrunken, mein Körper kommt an seine Grenzen durch den ganzen Schlafmangel und den Alkohol und vor allem der ganze Stress.

"Halt still und schrei nicht und ich werde dich losbinden." Ich war so in Gedanken vertieft das ich zusammenzucke als ich dem blonden sein Atem direkt auf meiner Haut spüre. Wie können die sich in der Finsternis so gut bewegen, ich wäre bestimmt über alles gestolpert was im Weg gewesen wäre, aber bei den beiden habe ich keinen Ton gehört. Ich muss wirklich vorsichtiger sein dann wäre ich wahrscheinlich gar nicht in diesem Schlamassel. Ich spüre wie er das Tuch lockert und es mir das überraschend vorsichtig aus meinem Mund zieht. Ich huste und atme tief durch. Immer noch außer Atem spüre ich wie er meinen Kiefer massiert während sein Bruder meine Hände losbindet. Kaum sind meine Hände frei geben meine Knie nach und es wird alles schwarz.

"Scheiße fang sie auf"

waren die Letzen Worte die ich höre bevor alles schwarz um mich wird. Ich blinzele mit den Augen als mir bewusst wird das es hell ist. Wo bin ich denn hier, ich starre an eine schwarz goldene decke mit Verzierungen, als mir bewusst wird das ich in den Händen dieser beiden Psychos bin. Schnell richte ich mich auf, was mir aber schnell zum Verhängnis wird, alles dreht sich. Ich stütze mich auf meinen Beinen ab und schließe für einen Moment die Augen, bis die alles beruhigt hat. Ich öffne langsam die Augen und ich bin mir sicher, ich träume. Mein Blick wandert direkt auf eine Wand aus zwei halb nackten Göttern. Verdammt, diese Tattoos, diese Muskeln. Kate reiß dich zusammen bevor du das sabbern anfängst. Ich schaue langsam im Raum umher und fühle mich wie in einer Szene aus „Fifty Shade of Grey", überall hänge Spielzeuge, perfekt geordnet, eine imposante Kommode im Barockstil, zieht meine Aufmerksamkeit auf sich. Sie ist wunderschön verarbeitet in dunklem Holz mit goldenen Verzierungen. Erst nach ein paar Minuten bemerke ich wie absurd das Ganze ist, ich bin hier in einer perfekt ausgestatteten Folterkammer in einem eleganten Stil und mir fällt nichts Besseres ein, als auf diese Kommode zu starren.

"Na gefällt dir was du hier siehst kleine Rose?"

Dieser Bastard, wie kann er glauben, dass mich sowas hier anmacht, ich springe von dem Tisch, auf dem ich gelegen habe und renne zu der Tür, wie konnte ich nur so dumm sein und glauben, dass sie nicht verschlossen ist. Amüsiert stehen die beiden Idioten da und beobachten meine Panik.

"Renn kleiner Phönix, wenn wir dich in die Finger bekommen wirst du spüren, dass du nicht vor uns weglaufen sollst.

Mir läuft der kalte schweiß den Rücken runter, was meinen sie damit. Der mit den dunklen Haaren spielt mit einer goldenen Klinge in seiner Hand. Wollen sie mich etwa umbringen?

"Keine Angst, so schnell wirst du uns nicht loswerden."

Aus irgendeinem Grund beruhigen mich die Worte nicht so sehr wie sie sollten, sie haben mich nicht vor umzubringen aber es beunruhigt mich nicht zu wissen was sie alles mit mir anstellen wollen. Ich warte gespannt darauf was als nächstes passiert. Keiner von uns bewegt sich und ich bin mir sicher, wenn ich es tue werden sie sich auf mich stürzen wie zwei hungrige Wölfe. Minuten verstreichen und keiner sagt was oder macht nur eine Schritt. Ich fange an mich in dem weitläufigen Raum umzusehen und wieder bin ich schockiert über alles was es hier gibt. Ich hatte schon einen Freund aber es ging nie wirklich zur Sache er hat mich mal geleckt aber das war's auch schon und dann gerate ich in die Hände dieser zwei sadistischen Psychos. Sie müssen gesehen haben wie sehr ich in Gedanken versunken bin den plötzlich spüre ich beide an meiner linken und rechten und Ohr warmer Atem streicht über meine Haut ganz im Gegensatz zu der Klinge deren kaltes Metall ich an meiner Kehle spüre. Jetzt ist wohl der Moment gekommen an dem mein Leben zu Ende geht.

"Gefangen kleine Rose, jetzt gehörst du uns und wir werden dich nicht mehr gehen lassen."

Er sagt diese Worte mit so einem verführerischen flüstern das ein Schauder durch meinen ganzen Körper zieht.

"Wenn ich doch euch gehöre ist es da nicht auch fair, wenn ich auch eure Namen weiß."

Die beiden lachen Synchron das ist wirklich gruselig, aber ich frage mich was daran so lustig sein soll. Mir ist absolut nicht zum Lachen zu mute.

"Kleiner Phönix, wenn wir fertig mit dir sind werden wir
es dir verraten."

Eine kleine Vorfreude steigt in mir auf und die Angst rückt
in dem Hintergrund. Endlich werde ich ihre Namen
erfahren und sobald ich hier raus bin kann ich sie bei der
Polizei anzeigen. Der blonde nimmt mich an die Hand
und führt mich in deinen anliegenden Raum der sich als
Bad beweist. Ich schaue auf einen muskulösen Rücken
und bin echt beeindruckt über die Tätowierung darauf.
Es zeigt einen königlichen weißen Wolf mit blauen Augen
die genauso intensiv sind wie die seines Trägers. Was sie
wohl bedeuten soll, ob er sich selbst als Wolf sieht? Ich
werde es vielleicht irgendwann erfahren. Der andere
läuft direkt hinter uns und hält meine andere Hand, die
Geste ist schon fast romantisch der beiden aber ich habe
mir mein erstes Mal nicht als dreier vorgestellt. Halt
wohin gehen deine Gedanken Kate, wer sagt das diese
beiden Psychos mit dir schlafen wollen. Ich werde aus
meinen Gedanken gerissen als der blonde sich umdreht
und anfängt mich auszuziehen, ich reiße mich los und
will flüchte aber richtig pralle direkt in die Brust seines

Bruders. Der packt meine beide Handgelenk und in wenigen Sekunden stehe ich mit dem Rücken an seiner Steinharten Brust.

"So langsam muss du doch wissen das es von uns kein Entkommen gibt, als füge dich deinem Schicksal."

Das ich nicht lache, das war garantiert nicht mein Schicksal von diese n beiden verrückten gegen meinen Willen festgehalten zu werden.

"Ich hoffe, das ist nicht gerade dein Lieblingsoutfit."

Wie absurd ist denn bitte diese Frage, aber gerade als ich genauer fragen will, zerreißt er mit Leichtigkeit mein Top und meinen BH. Nun stehe ich oben komplett entblößt vor ihm und sein Bruder lässt meine Hände für einen kleinen Moment los und die Fetzen meiner Kleidung fallen an mir herab. Ich will mich gerade bedecken, da zieht er meine Hände wieder nach hinten und der blonde macht sich an meinen Shorts zu schaffen, vergiss es du Bastard, ich ziehe mein Knie nach oben und treffe ihn genau zwischen den Beinen, Volltreffer! Aber kaum habe ich mein Bein gesenkt werde ich mit dem Kopf gegen die harten Fliesen gedrückt. Verdammt ist der schnell, normal hätte ihn das außer Gefecht setzen sollen aber wahrscheinlich habe ich ihn verfehlt.

"Du kleines Biest, wenn du nicht willst das wir dich gefesselt an die Dusche binden, dann bleib anständig."

Er packt meine Haare und hält mich an Ort und Stelle, sein Bruder hingegen zerrt an meinen Shorts und Slip und beides fällt mir Leichtigkeit zu Boden. Jetzt bin ich völlig nackt, der blonde lässt mich los und schubst mich in die große Regendusche aus Marmor. Ich wende mich gerade zu den beiden und schon stehen sie da in ihrer vollkommenen Pracht, und Gott sind ihre Schwänze groß und beide sind hart. Verdammt, sie sehen aus wie zwei Götter. Die beiden steigen in die Dusche und jetzt wirke ich so winzig zwischen den beiden.

"Bleibst du anständig, wenn wir dich waschen oder müssen wir die hier anlegen."

Erst jetzt, nachdem der Blonde auf die Wand zeigt, entdecke ich Haken mit Metallfesseln an ihr. Ein Blitz schießt durch meinen Körper und bleibt pochend in meiner Pussy, ihr scheint der Gedanke zu gefallen.

"Versucht es doch, ihr zwei Testosteron gesteuerten Psychos."

Verdammt, wo habe ich den Mut hergenommen, ich

weiß, dass die beiden das mit Leichtigkeit schaffen und das machen sie auch. Jeder auf einer Seite drücken sie mich an die Wand und befestigen die Fesseln erst an den Handgelenken und dann an meinen Fußgelenken. Dabei drücken ihre nun völlig harten Schwänze an meinen Bauch, was mich schon feucht werden lässt. Der blonde fährt mit seiner Hand an meinem Körper entlang zu meinen Brüsten, er streichelt sie, knetet sie und dann schreie ich auf, als er in sie zwickt und beide bleiben Steinhart zurück. Verdammt was soll das, ich starre ins Leere denn ich will nicht ertragen müssen was sie mit mir machen. Aber überraschender Weise kommt nichts von all dem was ich in meinem Kopf hatte. Sie waschen mich uns Massieren mich von Kopf bis Fuß massieren meine Beine die wirklich schmerzen. Als der dunkelhaarige meinen Nacken massiert entweicht mir ein Stöhnen.

"Na du kleine Wildkatze hast du dich beruhigt?"

Ich nicke tiefen entspannt, diese Massage ist genau das was ich gebraucht habe. Die beiden machen mich wieder Synchron von den Fesseln los und ich werde nackt wieder in ihre Folterkammer geführt.

"Was habt ihr denn mit mir vor?"

Frage ich schüchtern und warte ab ob sie mir sagen werden was sie mit mir anstellen wollen. Aber anstatt mir zu antworten, führen sie mich zum Bett und ich drehe mich zu den beiden um. Wieder schaue ich in die faszinierenden Augen, habe ich jemals gesehen das Augen so eine intensive Farbe haben können. Sie leuchten wie Kristalle und es ist wirklich schwer sie nicht fasziniert anzustarren. Der mit den grünen Augen kommt zu meiner rechten und küsst meine Wange ganz sanft und fängt an meinem Ohrläppchen zu saugen. Wow wie kann eine so leichte Geste eine solche Hitze in mir entfachen? Ohne zu wissen wie mir geschieht spüre ich nun auch sein Bruder synchron an meinem anderen Ohrläppchen saugen, er saugt ein wenig fester, wenigstens ein kleiner unterschied um sie auseinander halten zu können denn diese Synchrone ist wirklich verwirrend. Ich werde zu wachs in ihren Händen, sie wandern mit ihren Händen an meinen Körpern entlang und ich spüre die Feuchtigkeit zwischen meinen Beinen. Sie teilen meinen Schamlippen und der eine dringt in mich ein und der andere spielt mit meiner Knospe.

"Bruder sie ist richtig nass."

Diese Worte treiben mir die Röte ins Gesicht und ich würde gerne im Erdboden versinken oder mein Gesicht verstecken. Die beiden Finger und küssen und lecken mich weiter und saugen an meinen Brustwarzen und nur wenige Sekunden später komme ich mit einem lauten schrei und mein ganzer Körper zittert, meine Pussy krampf sich um die starken Finger in mir die sie immer noch rhythmisch in mir bewegen. Langsam komme ich zu Atem und das Einzige was ich will ist mich hinlegen und schlafen.

"Hallo Alice na wieder zurück aus dem Wunderland."

Ich blicke in seine blauen Augen und er lächelt, da wird mir bewusst, dass sie alles mitbekommen haben. Die beiden legen mich auf die Matratze und ich hoffe das sie mich in Ruhe lassen aber nein, sie fesseln mich mit weit gespreizten Beinen und Armen, ich kann mich keinen cm bewegen. Sie der mit den grünen Augen steht auf und entfernt sich von uns. Was er jetzt wohl holen wird. Ich wende meinen Kopf zu seinem Bruder der mich eingehend beobachtet als auch er sich abwendet um etwas zu holen. Zeitgleich kommen sie zurück.

"Du hast genug gesagt und gesehen kleine Wildkatze,

lass dich fallen und fühle uns und nicht alles um dich herum."

Seine Worte verzaubern mich und da ich mich eh nicht wehren kann lasse ich ihn machen, er knebelt mich erneut auch wenn es mir nicht passt und ich kann auch nicht mehr protestieren. Als nächstes setzt er mir eine Maske auf und meine Welt wird schwarz. Nur gedämpft höre ich sie sich bewegen und mein Körper steht wie unter Strom. Eine Gefühlte Ewigkeit passiert nichts bis ich wieder ihre Hände auf meinem Körper spüre. Ich winde mich unter ihnen und wimmere, weil mein Körper sich noch mehr sehnt, viel mehr. Er will sie spüren mit allem was sie haben, ihre großen schwänze in ihrer Pussy und ihrem Mund spüren. Verdammt Kate wo kommen denn diese Gedanken her.

 *Saren*

Sie ist so wunderschön und perfekt, nur kleine Narben bedecken ihren Körper, einen Körper, der wie für uns gemacht ist, einen feurigen Charakter, denn wir brennen lassen. Sie liegt völlig ausgeliefert vor uns und ich bin immer noch beeindruck über ihr vertrauen das sie uns damit entgegenbringt, sie hätte sich stärker wehren können auch wenn es nichts gebracht hätte.

"Möchtest du zuerst oder überlässt du mir den Vortritt Bruder."

Wir wussten erst nicht wo wir sie markieren aber da wir beide sehr besitzergreifend sind viel unsere Wahl auf ihr Dekolleté. Wir streicheln sie und bringen sie zum Zittern, ihr Körper will mehr von uns und das lässt meinen Schwanz erneut hart werden, ich habe mir gerade erst einen runtergeholt und schon wieder steht er. Verdammt sie wird mich ins Grab bringen, wenn ich sie nicht bald ficke. Ich fahre mit der Klinge die in meiner rechten Hand liegt über ihren Körper und sie spannt sich an, sie glaubt das wir sie umbringen wollen, sie hat wohl zu viele Horrorfilme gesehen denn sonst wüsste sie das man mit solchen Sachen auch Kunstwerke zaubern kann. Ich wende mich an ihre linke Seite und beginne mit meinem Kunstwerk, es ist ein geschwungenes S mit unserem Familien Amulett das einem Wolfskopf ähnelt. Sie windet sich und Janden hält sie ruhig denn er möchte das mein Werk perfekt wird, sie zischt und schreit in den Knebel aber alles ist sehr gedämpft durch den Knebel wofür ich gerade dankbar bin denn sonst würde sie mich ablenken.

Als ich fertig und zufrieden mit meinem Werk bin wische ich das Blut ab und lege eine kompresse darauf und verbinde es bis es aufhört zu bluten.

"Deine Arbeit ist wunderschön Bruder, sie kann stolz sein."

Ich reiche ihm mit einem Grinsen die klinge, ich weiß er freut sich genauso darauf wie ich es getan habe. Er gibt mir ein Zeichen sie zu halten, denn so wie ich ihn kenne ist er nicht so vorsichtig, er liebt es, wenn sie vor Schmerzen stöhnen oder gar schreien. Er brauch nur wenige Minuten um in Perfektion das gleiche Amulett nur mit einem geschwungenen J in ihrer Haut zu verewigen. Durch unser Blut das zur Heilung beiträgt bleibt aber der schöne Nebeneffekt das die Narbe immer in einem dunklen Rose ton was es immer sichtbar bleiben lässt. Stolz betrachten wir unsere Werke bevor wir uns nun um unsere Kate Kümmern. Vorsichtig prüfe ich ihren Puls, sie lebt und ihr Herz legt einen verdammten Marathon hin.

Wir lösen ihre Fesseln und entfernen die Maske und den Knebel. Sie ist bei Bewusstsein aber sehr schwach. Auch wenn unser Blut wunder wirkt dauert es dennoch bis ein Körper sich gänzlich erholt hat. Janden kommt mit einer Decke zurück und wickelt ihren zarten Körper darin ein. Wir gehen in sein Zimmer und nehmen auf seinem Bett Platz. Unsere warmen Körper beruhigen schon bald ihren zitternden Körper und bald lausche wir beide ihren gleichmäßigen Atemzügen, sie schläft und hat uns noch nicht die Hölle heiß gemacht. Ich stehe auf um aus unserem Krankenzimmer eine Spritze mit Schmerzmitteln zu holen, sie soll nicht leiden, sie war tapfer und ich bin die ruhe selbst, sie wurde bestraft und das stimmt mich zufrieden. Ich verabreiche ihr die Spritze und gehe beruhigt in mein Schlafzimmer, soll er doch morgen früh die geballte Feuer Kraft unseres Phönix abbekommen, ich komme dazu, wenn der Sturm worüber ist und beruhige sie dann mit meinem Charme.

# Janden

Dieser Feigling, hat er sich doch tatsächlich in sein Zimmer verzogen und lässt mich mit dem schlafenden Biest alleine. Ich kann mir nur vorstelle wie sie morgen reagieren wird denn, wenn sie wach wird und ihr klar wird was wir gestern Abend mit ihr angestellt haben. Aber es hat auch etwas Beruhigendes zu wissen das sie markiert ist auch wenn es nicht mit unserem Geruch bedeckt ist, dennoch ist sie jetzt ein Teil von uns und für mich ist auch klar, dass ich auch meine Zweifel damit über Bord geworfen habe. Ich hatte Angst mir einzugestehen das alles was Saren gesagt hat wahr ist. Als ich sie berührt habe, sie geküsst habe ist in mir ein Feuerwerk explodiert und mein Herz macht Purzelbäume alleine bei dem Gedanken das jetzt jeder sehen kann das sie nicht mehr zu haben ist. Aber es beunruhigt mich denn mein Wolf wird sich damit nicht auf Dauer zufriedengeben, er hat jetzt schon laut in mir geknurrt um seinen Frust Luft zu machen. Ein wenig Geduld musst du noch haben Junge, wir müssen sicher sein, dass sie stark genug ist um unseren Biss zu überleben. Er heult laut in mir auf, er ist frustriert aber er würde alles dafür tun das es unserer Gefährtin gut geht. Jetzt wo ich den Gedanken in meinem Kopf geformt habe bin ich wirklich erleichtert, er und ich sind im Einklang und obwohl sie ein Mensch ist sieht er sie als seine Gefährtin an und ich hoffe das er mir noch genügend Zeit gibt bevor er sich mit ihr Paaren will, denn ihr kleiner Körper würde ein Wolfjunges nicht überleben. Als die Gefährtin unseres Arztes ihren Welpen getragen hat, hat sich die dreifache Menge an Fleisch zu sich genommen und hat die halbe Zeit nur abgenommen, weil der Kleine so viel Energie verbraucht hat. Dann will ich gar nicht daran denken was es mit unseren Kate anstellen würde. Ich gehe unter die Dusche und spüle all die Anspannung von mir und bereite mich auf den morgigen Tag vor. Ich schließe die Tür ab und lege mich zu ihr ins Bett und decke uns zu. Ich liege noch ein wenig wach bis sie ganz nah an mich rutscht und einen Arm auf meine Brust legt und ein Bein mit meinem verschlingt. Ihre Anwesenheit beruhigt mich und ich falle in einen Traumlosen schlafe, der mich einfach nur entspannt. Ich werde wach als kleine Hände auf meine Brust einschlagen. Verdammt hat die kleine Kraft, ich brauche einen Moment um zu mir zu kommen, wie lange habe ich denn geschlafen. Als sie mich gerade wieder schlagen will, packe ich ihre Handgelenke und halte sie mit einer Hand fest, die andere packt in ihren Nack und zieht sie zu mir. Ich küsse sie sie wehrt sich dagegen aber ich habe auch nichts anderes erwartet.

"Wie konntet ihr nur, ihr kranken Bastarde, ich will wissen was ihr mir angetan habt."

Sie schreit und meine Ohren klingeln, kann sie bitte nicht ruhig sein. Ich lasse ihren Nacken los und drücke sie dann ins Kissen. Ihre wütenden schrei werden nun gedämpft. Schon viel besser.

"Wenn du dich zusammen reißt lasse ich dich los und wir können darüber reden."

"Darüber reden, ihr seid Arschlöcher kranke sadistische Psychos."

Ihre Beleidigungen gehen mir wirklich auf den Sack, denkt sie wirklich das es etwas an meiner Meinung ändern wird. Ich halte sie noch einen Moment ohne etwas zu sagen und warte bis sie sich beruhigt hat.

"In Ordnung, ich lasse dich jetzt los, greif mich wieder an und ich werde nicht so sanft sein."

Sie springt auf und läuft im Zimmer auf und ab als ich sie loslasse, es stört sich nicht mal das sie nackt ist. Sie scheint jeden Moment zu explodieren. Sie lebt doch noch sollte das nicht Grund genug sein um ein wenig besser gelaunt zu sein.

"Also setz dich und endlich hin, du machst mich ganz verrückt."

Janden bist du schon wach, wie ist denn unser kleines Biest drauf.

Ich blicke zu ihr und tatsächlich sie setzt sich auf die Couch und ich entspanne ein wenig.

"Bediene dich, da ist ein kleiner Kühlschrank mitessen und trinken drinnen, ich würde nur den Alkohol stehen lassen, der verträgt sich nicht mit den Schmerzmitteln."

Bruder ich bringe dich um, wenn du nicht in fünf Minuten hier bist.

Ich hoffe er weiß jetzt das ich wegen seiner Aktion gestern ziemlich angepisst bin. Nach drei Minuten klopft es an der Tür und ich lass meine Rose einen Moment aus den Augen. Ich schlendre zur Tür und öffne sie und schließe sie nach ihm. Gerade als ich dachte sie hat sich beruhigt, springt Katelyn Saren wie eine Furie an und kratzt und schlägt ihn, sie ahnt wohl das die Klinge von ihm kommt. Ich packe sie an ihrer Mitte und ziehe sie von ihm weg, sie hat ihn nicht wirklich verletzt und in ein Paar stunden wird man nichts mehr davon sehen.

"Verdammt kleines du hast wirklich Kraft."

Erstaunt richtet er sich vom Boden auf und schaut mich fragen an.

"Ich wurde heute Morgen so geweckt also sein still."

Ich deute ihr mit der Hand sie wieder zu setzen und das tut sie auch, sie schnappt sich eine Flasche mit Wasser und trinkt gierig aus ihr. Mir wird klar, dass sie nicht mehr zu sich genommen hat seit sie bei uns ist. Ich öffne einen anderen Schrank und mache ihr ein Müsli. Ich habe oft keine Lust morgens zum Frühstück zu gehen also habe ich einen Vorrat hier. Sie nimmt die Schüssel und fängt an zu essen, schaut aber immer wieder zu uns, in der Angst wir würden sie jeden Moment anfallen.

"Wie versprochen erzählen wir dir ein wenig über uns."

Sie nickt uns zu, isst aber weiter was meinen Wolf sehr beruhigt. Er weiß das ich mir sorgen darüber mache, dass sie viel zu dünn ist.

"Das ist mein Bruder Saren und ich bin Janden, wir sind hier sowas wie die Chefs und unsere Eltern sind beide verstorben."

Sie hört auf zu essen und ein blick der Traurigkeit legt sich auf ihr Gesicht.

"Das tut mir leid, wie sind sie denn gestorben."

Ich weiß das ich in ihrer Akte gelesen habe das sie ebenso voll Waise ist, ihre Mutter hat Drogen genommen bis sie an einer Überdosis gestorben ist und ihr Vater ist nach ein paar Monaten gestorben, keiner kennt den Grund dafür. Ich kann ihr über unsere Eltern nicht die ganze Wahrheit erzählen denn noch soll sie nicht wissen was wir wirklich sind.

"Unsere Eltern sind bei einem Unfall gestorben nur Saren und ich konnten gerettet werden."

Sie schaut traurig und ich weiß das sie mit uns fühlt nur das sie sich nicht rächen kann an dem Tod und so wie ich sie beobachtet habe ist sie der Mensch

der in allem einen Sinn sucht. Aber manchmal ist es besser eine Sache ruhen zu lassen bevor man daran zerbricht.

"Komm wir versorgen dich und du kannst unsere Werke bewundern, wir haben uns große Mühe gegeben."

Ihre Augen weiten sich sie hatte gar nicht mehr daran gedacht was wir ihr gestern angetan haben. Wir strecken ihr beide unsere Hand hin und sie nimmt sie zögernd an, sie ist heute so ruhig was mich ein wenig beunruhigt. Aber anderseits ist echt vielleicht auch gut denn ich habe einen Plan und dazu sollte sie einigermaßen ruhig sein und nicht wie eine Furie schreien und uns schlagen. Wir führen sie in mein anliegendes Bad und steigen gemeinsam unter die Dusche. Verwundert blicke ich zu ihr herab als sie mein Duschgel in die Hand nimmt und in ihren Augen liegt ein Blick der sie um Erlaubnis fragen lässt. Was ist heute mit ihr los, hat sie akzeptiert das sie zu uns gehört oder ist sie verstört wegen dem was mit unseren Eltern passiert ist. Sie seift meinen Körper ein und wendet sich dann mit dem Rücken zu mir um mit Saren das gleiche zu mache im gleichen Moment Seifen wir ihren Körper ein und gegenseitig streicheln wir uns, Massieren uns und necken uns. An keinem geht das ohne Reaktion vorbei, wir stöhnen und unsere Atem gehen schneller. Ich schaue zu Saren der die Augen geschlossen hat, er genießt die Berührung seines Phönix. Ich kann nur das gleiche sagen, ich stelle das Wasser ab und führe sie zu meinem Bett, mein Bruder folgt mir und er weiß was jetzt geschieht und er weiß genauso wie ich das wir unsere Wölfe zurück halten müssen um sie nicht zu schwängern.

"Bist du bereit Katelyn, wenn dir etwas zu schnell geht oder wir dich verletzen sag es uns."

Sie nickt und ein leichtes Lächeln huscht über ihre Lippen, was ist denn nur mit ihr passiert heute Morgen wollte sie mir noch die Augen auskratzen. Wir legen uns zu ihr streicheln sie und zwirbeln ihre nippel, sie bäumt sich uns entgegen und jetzt ist mein Schwanz ganz hart. Ich wandre zu ihrer pussy und streichele sie reibe an ihrer Knospe und sie ist nass. Ich richte mich auf um ihre Beine zu spreizen. Ich positioniere mich über ihr und lege ihre Beine auf meine schultern. Ich führe meinen steinharten Schwanz an ihren Eingang. Sie schließt die Augen und atmet schnell.

"Mach die Augen auf Kate ich will dich sehen."

Sie öffnet die Augen und darin liegt ein Blick der mein Wolf aufheulen lässt. Ihr Blick ist so intensiv als ob es für sie niemanden anderen gibt außer uns. Fuck ich halte es kaum aus und ich führe meine. Schwanz langsam in ihre enge pussy.

"Fuck du bist so eng, du bist so geil."

Ich warte bis sie sich an meine Größe gewöhnt hat und fange an mich langsam zu bewegen. Ich schaue zu Saren der sie streichelt küsst und leckt. Sie genießt es und ich merke wie sie sich entspannt und wir gemeinsam unseren Rhythmus finden. Ich treibe sie mir gleichmäßigen tiefen Stößen zum Orgasmus. Ihr Pussy zuckt um meinen immer noch harten Schwanz und ich gebe Saren ein Zeichen das er einen Schritt weiter gehen kann. Mal sehen ob meine Rose und beide gleichzeitig befriedigen kann. Immer Noch in ihr setzt sich Saren Richlings auf sie.

"Bist du bereit, meinen Schwanz in dir zu spüren."

Ich schaue an meinem Bruder vorbei und sehe ihre geweihten Augen.

"Du schaffst das, Kate."

Wieder nickt sie und auch Saren gegenüber zeigt sich der gleiche intensive Blick. Sie hat akzeptiert, dass es uns beide nur zusammengibt und das lässt meinen Wolf wieder aufheulen, ich muss mich wirklich zusammenreißen, dass ich sie nicht schwänger. Saren positioniert sich ganz nah und führt ihren Schwanz an ihren Mund, sie weiß was er von ihr will und sie öffnet den Mund und er dringt ein. Er geht mit fickt sie in einem langsamen Tempo das die sich auch an seine Größe gewöhnen kann. Sie schluckt und würgt und hin und wieder kommt ein Husten aber sie macht es wirklich gut. Er findet ein gleichmäßiges Tempo und ich beginne erneut mich in ihre nun feuchten Pussy zu bewegen. Wir finden ein gemeinsames Tempo und sie stöhnt und ich liebe ihren Anblick. Ihre Augen sind geschlossen und wir treiben sie immer weiter bis sie erneut kommt, wir stoßen beide noch einmal in sie bis wir uns in ihrem Hals und Pussy entladen. Fuck das war so geil, ich werde sie nicht Mehr gehen lassen und würde sie am liebsten gleich noch einmal nehmen aber sie braucht eine Pause und sie muss unbedingt etwas essen. Ich ziehe mich aus ihr zurück und ich stehe auf. Ich lächle sie an, sie hat sich auf den Bauch gedreht und schaut zu mir während Saren sie massiert.

"Hat dir jemand gesagt, dass du wirklich perfekt bist,

besonders perfekt für uns."

Sie nickt nur und schließt wieder die Augen. Die ganze Prozedur hat sie wohl ziemlich fertig gemacht. Ich schaue an ihrem perfekten Körper entlang über ihren Rücken der von meinem Bruder durchgeknetet wird. Mein Blick wandert unfreiwillig zu ihrem perfekten Arsch und dann reiße ich schockiert die Augen auf. Auf dem Lacken ist Blut und Wut steigt in mir auf, eine Wut die gegen mich gerichtet ist. Ich habe es übertrieben und ihr weh getan. Doch dann schleicht sich ein anderer Gedanke in meinen Kopf und der formt sich immer mehr solange ich an diese Möglichkeit denke.

"Bist du Jungfrau Katelyn?"

Diese Worte platzen aus mir heraus und von Saren ernte ich einen Blick der sagt *bist du verrückt*. Aber dann fängt er an zu riechen und er wird das Blut riechen. Kate zuckt zusammen und wird knall rot. Das beantwortet meine Frage aber ich muss es einfach aus ihrem Mund hören.

"Bevor ihr zwei über mich hergefallen seid war ich es"

Ihre Worte sind ein flüstern und sie will schlafen aber so geht das nicht.

"Komm du bist schmutzig, danach kannst du schlafen."

Ich gebe Saren ein Zeichen sie mit in die Dusche zu nehmen, ich mache das Bett frisch und richte alles zur Versorgung ihrer Wundern her.

Saren

Wow was war das denn bitte, ich war seit langem nicht mehr so befriedigt und doch voller Gier nach mehr. Sie läuft vor mir her in das Badezimmer. Ich hebe sie behutsam in die Dusche denn das erste Mal für sie war ziemlich intensiv und ich will ihr nicht noch mehr Schmerzen zufügen.

"Wie geht es dir den Kate?"

Ich schaue ihr besorgt in die Augen, sie sieht ziemlich müde aus, das kann aber auch daran liegen, dass sie schon lange nichts gegessen hat.

"Mir geht es gut denke ich, ich bin müde."

Das dachte ich mir fast die Nächte waren ziemlich kurz für sie und die letzten Tage haben ihrem Körper einiges abverlangt. Ich fange an sie unter der Dusche einseifen und halte dabei die ganze Zeit ihre Mitte, ich habe Angst das sie sonst jeden Moment zusammenbricht und das kann ich nicht verantworten. Ich Wickel sie in ein großes Handtuch und führe sie wieder zurück.

"Wie geht es dir denn Katelyn?"

Mein Bruder steht an der Couch und hält ein spray in der Hand, er will ihre wunden reinigen und neu versorgen danach müssen wir noch etwas wichtiges mit ihr besprechen.

"Komm her liebes, ich werde deine Verletzungen versuchen, danach haben wir noch eine wichtige Frage an dich.

Janden sieht nervös aus mindestens genauso wie ich. Sie setzt sich auf die Couch und entspannt sich, sie muss wirklich müde sein.

"Bist du bereit, es könnte ein wenig brennen."

Sie nickt und ihre lockere Art ist verschwunden sie sieht sogar unsicher aus, hat sie Angst vor dem was sie gleich entdecken könnte oder vor dem was wir sie fragen wollen. Janden löst das Pflaster ab und sprüht ihre Markierungen an. Das getrocknete Blut läuft an ihrer Brust entlang und der Anblick lässt meinen Schwanz wieder hart werden. Verdammt warum denn jetzt, sie braucht mich doch jetzt und ich will in ihrer Nähe sein ohne harten Schwanz. Ein zischen unterbrechen die Stelle und ich weiß auch warum, er reinigt sie gerade und ich bin erstaunt, sie sind wirklich gut verheilt durch unser Blut und die Markierungen sehen toll aus, wirklich großartige arbeiten auf die unser Phönix stolz sein kann. Sie wartet bevor sie sich den Spiegel neben ihr greift und die werke bewundert.

"Sie sehen wirklich schön aus, was bedeuten sie denn und warum an der Stelle."

Da ist aber jemand wirklich neugierig und genau das Gegenteil von dem was ich erwartet habe, ich hatte erwartet das sie anfangen würde zu schreien oder dass sie mir doch noch die Augen auskratzt.

"Das sind unsere Initialen mit dem Wappen unserer Familie und diese Stelle, weil jeder sehen soll das du zu uns gehört und dich kein andere anfassen soll."

Sie fängt an zu schmunzeln, und ich stimme in ihr Lächeln mit ein. Es hätte wirklich schlimmer laufen können und ich bin froh das es nicht so gekommen ist das sie schnell wieder zu ihrer Ruhe gefunden hat, dennoch bin ich wachsam. Wir versorgen ihre Wunden zu Ende und bedecken sie wieder.

"Ihr wisst schon das dieser Besitz Anspruch sich ein wenig nach Psychopathen anhört."

Jetzt bin es Janden und ich die anfangen zu lachen, sie kann wirklich zu süß sein und das obwohl sie wissen wollte das wir leibliche Psychopathen sind. Aber es aus ihren Mund zu hören macht es uns noch mehr klar was wir wirklich sind und es auch nicht lange dauert bis wir es ihr sagen müssen.

"Kate du bist jetzt ein Teil von uns also wollen wir auch das dich der Rest unserer Gemeinschaft kennenlernt."

Sie schaut und wieder mit diesen Reh Augen an und ich weiß wie sich das für sie anhören muss aber besser, wenn ich ihr sage unser Rudel dann hätten wir noch mehr zu besprechen. So langsam bekomme ich wirklich Hunger und mein Wolf Smaragd heult laut in meinem Kopf auf er hat sich so verausgabt das ihm seine Portion Fleisch fehlt.

"Wenn du bereit bist, im Moment ist das Haus leer, weil alle beschäftigt sind, aber gegen Abend erwarten wir einen sehr guten Freund von uns der seine Partnerin gefunden hat."

Ich hoffe das Razan die Klappe hält denn im Moment bin ich noch nicht bereit diese blase platzen zu lassen, denn ich bin mir sicher sie wird ihre Beine in die Hand nehmen und rennen, wenn sie erfährt was wir sind.

Katelyn

Ich bin sprachlos und ausgelaugt, ich habe noch nie so ein Hunger wie heute verspürt. Aber was noch viel wichtiger ist ich bin keine Jungfrau mehr, in meinem Kopf spielen sich die letzten Stunden ab und wieder ist da dieses Kribbeln in meinem Unterleib. Ich hätte nie gedacht das mein Körper diesen großen Schwanz auf sich nehmen kann, sie sind beide perfekt gebaut mit keinem Gramm Fett am Leib und diese Augen sie haben fast geglüht vor Lust. Alleine der Gedanke lässt mich feucht werden. Verdammt Kate, so kannst du nicht vor dich hin sabbern. Es gibt noch wichtigere Dinge zu klären. Fuck mein Job ich muss arbeiten und ich vermisse meine beste Freundin. Bei dem Gedanken an Rubi läuft mir eine Träne über das Gesicht, ich hätte nie gedacht das ich sie jemals vermissen könnte, aber hier sitze ich nun mit zwei Psychos die nebenbei wirklich schräg sind. Ich muss hier weg, so kann mein Leben nicht enden, so schön die letzten Stunden auch waren ich habe mir meine Zukunft anders vorgestellt. Ich muss mir einen Plan ausdenken wie ich hier wegkomme. Sie scheinen mich wirklich zu mögen und mich nur für sich haben zu wollen, vielleicht gebe ich es ihnen einfach bis sie mich auch ohne Aufsicht herumlaufen lassen auch draußen. Ich weiß zwar nicht in welche Richtung ich laufen müsste denn alles was ich sehe aus dem Fenster ist Wald, keine Stadt oder Straße zu sehen. Wo bin ich denn hier gelandet, warum lebt ein Mensch soweit außerhalb der Stadt. Wie weit ist es denn wohl zu nächsten Stadt und würde ich es schaffen. Ich muss den richtigen Moment abwarten und einfach rennen ohne darüber nach zu denken. Mit einem Plan im Kopf schaue ich die beiden an und lächle, sie reichen mir ihre Hände und ich nehme sie jeweils in eine von meiner.

"Komm nicht auf dumme Gedanken kleiner Phönix, sonst

war das dein letzter Freigang."

Verdammt kann er etwas Gedankenlesen, ich schaue Saren unschuldig an und klimpre mit meinen Wimpern.

"Ich würde gerne mit meiner besten Freundin sprechen, sie macht sich bestimmt sorgen."

Jetzt ist es Janden der lächelt, warum lächelt er denn jetzt, ich finde das nicht zum Lachen ich vermisse sie und ich mache mir auch sorgen ob sie nicht schon verrückt ist, weil ich immer noch nicht zuhause bin.

"Mach dir keine Sorgen kleine Rose, deine Freundin hat einen Brief in deinem Namen bekommen in dem Steht das du ein Stipendium einer anderen entfernten uni bekommen hast und direkt los gefahren bist."

Wie Absurd klingt denn das bitte, als ob sie das jemals glauben wird. Ich bin mir sicher das Rubi denkt das ich mich wenigstens verabschiedet hätte. Anderseits war sie selbst nicht zuhause aber ich hätte ihr doch eine SMS geschrieben. Aber so wie ich die beiden vor mir einschätze haben sie wahrscheinlich auch das in meinem Namen getan. In mir kocht eine Wut auf die ich bisher nicht gespürt habe, ich will das hier nicht. Ich bin nicht bereit mein Leben aufzugeben, ich will studieren und auf eigenen Beinen stehen. Warum ausgerechnet ich, an mir ist nicht besonderes finde ich auch wenn es viele Menschen anders sehen. Dennoch ist das kein Grund mich einfach zu entführen. Hätte ich nicht so einen Hunger würde ich die beiden vor mir mit Fragen durchlöchern und solange darauf beharren bis ich alle Antworten bekommen habe und sie mich endlich gehen lassen. Aber ich habe das Gefühl das die mich niemals gehen lassen werden denn sonst hätte ich nicht ihre Initialen auf meiner Haut. Ich begleite die beiden nach unten und bin erstaunt wie groß hier alles ist und frage mich wer hier noch wohnt.

"Komm du musst hungrig sein, dein Magen knurrt ununterbrochen."

Ist es wirklich so laut zu hören, ich denke den Kopf und folge ihnen in eine. Speisesaal. An dem Tisch vor mir haben locker 30 Leute Platz.

"Guten Morgen Alpha Janden und Alpha Saren."

Eine ältere Frau die essen auf dem Tisch gestellt hat begrüßt die beiden und ich frage mich was dieses Alpha zu bedeuten hat. Ich setze mich auf einen Stuhl und jetzt habe ich richtig Hunger von Obst über Rührei und

Muffins und Müsli bis hin zu frischen Croissants. Mir läuft das Wasser im Mund zusammen und ich lade von allem etwas auf meinen Teller und trinke einen Saft dazu.

"Die meisten Menschen warten bis alle am Tisch sitzen aber du kleine Hex le konntest nicht warten."

Seine Bemerkung interessiert mich nicht wirklich immerhin haben sie mich entführt. Ich esse weiter bis mein Teller leer ist und gerade als ich das Besteck hinlegen kommt ein junger Mann hineingestürmt. Er beachtet mich gar nicht, er sieht besorgt aus.

"Razan, was ist so dringend das du uns beim Frühstück störst, wir sehen uns doch heute Abend."

"Entschuldige Alpha aber Schurken haben versucht über die Grenze zu kommen. Wir haben sie bis auf zwei alle erledigt und die zwei haben wir gefangen genommen."

Er jetzt bemerkt er mich als ich tief Luft hole, weil ich geschockt bin. Aber nicht nur ich sitze mit weit aufgerissen Augen da, der junge Mann sieht genauso aus.

"Saren wird sich darum kümmern, ich habe noch etwas zu erledigen und komme erst später dazu."

Razan der junge Mann nickt und verschwindet wieder, im

gleichen Moment steht Saren auf.

"Was soll denn die scheiße bitte, ich dachte sie hätten aus dem letzten Mal gelernt."

Ich ducke mich ein wenig denn Sarens stimme verheißt nichts Gutes und ich möchte nicht diejenige sein die seinen Zorn abbekommt und zudem muss ich wissen was das hier alles soll. Wo bin ich denn hier gelandet, und vor allem sind diese zwei vor mir Mörder und macht es ihnen sogar Spaß. Saren stürmt aus dem Saal und ich bleibe mit Janden alleine zurück.

"Mir ist klar, dass du ein paar Antworten willst."

Da liegt er verdammt richtig, nicht das ich jetzt Angst habe, aber ich habe dennoch ein ungutes Gefühl in meinem Magen.

"Warum nennen euch alle Alpha, ist das so ein Macho Ding?"

Ein Knurren klingt aus seiner Brust und ich weiche ein Stück zurück. Was war das denn jetzt bitte ich bin doch kein Hund.

"Nein das ist kein Macho Ding kleine Kate, es ist wichtig das du mir zuhörst."

Dieses ungute Gefühl verstärkt sich und wandelt sich in

Angst, ich bin neugierig aber dennoch will ich es irgendwie nicht wissen. Da ich nichts sagen will nicke ich einfach nur und mein ganzer Körper spannt sich an.

"Es gibt Gründe warum du noch nie von uns gehört hast oder warum wir mitten im Wald leben."

Ich höre ihm gespannt zu denn meine Neugier überwiegt und die Angst rückt in den Hintergrund.

"Und welchen Grund gibt es denn bitte denn ich habe sowas noch nie gesehen."

Jetzt ist er derjenige der tief einatmet und ich bin mir sicher, dass er das was er sagen will verzögern will. An meinem Gesichtsausdruck merkt er das ich ungeduldig bin.

"In Ordnung, das was ich dir sage wird nichts an dem ändern wie wir dich kennengelernt haben oder warum wir dich haben wollen."

Das ist es wieder diese Besitzansprüche die mir wirklich auf die Nerven geht. Wenn er weiter so macht ist es Nacht bis ich weiß was er mir sagen will.

"Ich habe es verstanden und es wird sich nichts ändern das verspreche ich."

Natürlich wird es sich ändern denn ich werde so oder so

nicht bei diesen beiden psychos bleiben, wer weiß was sie mir sonst noch antun werden. Und auch diese Narben werde ich mein Leben lang haben deswegen haben sie darauf beharrt es an dieser Stelle zu machen, dass kein Mann jemals wieder Interesse an mir hat.

"Wir leben im Wald, weil wir uns hier frei entfalten können, wir können unseren Wolf ohne Rücksicht zu nehmen raus lassen ohne das ihn keiner sieht."

Ich verstehe jetzt nur noch Bahnhof, was soll das bitte heißen, ich hoffe dazu gibt es einer Erklärung aber es scheint nicht so al das er weitersprechen will, also mache ich den nächsten Schritt.

"Okay ihr habt einen Wolf als Haustier aber was ist daran so schlimm wen ihn einer sieht."

Er lacht jetzt, ich erwürge ihn jeden Moment, wenn er nicht sofort aufhört. Ich hasse es das ich so amüsant für ihn bin.

"Nein kleine Rose, wir haben kein Wolf als Haustier, wir sind Wölfe um genau zu sein Werwölfe."

Ich schaue ihn nur noch geschockt an und ich habe das Gefühl das mein Herz aufhört zu schlagen, sowas kann doch nicht wahr sein, sowas gibt es doch nur in Büchern und Filmen. Er will mich nur verängstigen und das hat er geschafft denn auch wenn ich nicht daran glaube ist alleine die Vorstellung wirklich Angsteinflößend.

"Aber sowas gibt es nicht, wie kann sowas denn möglich sein."

Er spürt das ich unsicher bin und ihm kein Wort glaube von dem was er mir gerade gesagt hat und er überlegt sichtlich wie er es mir beweisen kann.

"Komm mit, wenn du mir nicht glaubst ich zeige es dir und ich bin mir sicher du hast danach noch mehr fragen."

Was wie will er es mir zeigen, laut Filmen und Büchern können sich Werwölfe nur bei Vollmond verwandeln und dieser ist nicht heute. Wieder packt mich meiner Neugier und ich ergreife seine ausgestreckte Hand. Er läuft durch die Küche hinaus in den Garten.

"Aber ihr könnte euch doch nur bei Vollmond verwandeln."

"Das liebe Kate ist nur ein Mythos, alle Gestalenwandler können sich unabhängig von irgendetwas verwandeln."

Warte was es gibt noch mehr vor ihnen und auch noch verschiedene Rassen. Ich will ihn danach fragen aber genau in dem Moment zieht er sich aus und faltet seine

Sachen ordentlich. Ich schaue im Gespannt zu, er schließt die Augen und Atmet tief ein, es sieht fast aus wie eine Meditation und dann sehe ich es wie es anfängt ihr höre Knochen brechen und ihm wächst Fell. Ich bekomme den Rest der Verwandlung nicht mit denn ich renne, ich renne so schnell ich kann durch den Garten in den Wald, ich blicke nicht zurück. Ich hatte noch nie in meinem Leben so eine Angst. Wie kann sowas nur möglich sein ich lebe seit Jahren in dieser Stadt und alle verhalten sich normal. Sind sie wirklich so unscheinbar wie es Janden mir erzählt hat oder sind sie Meister der Tarnung und wissen wie man sich verhalten muss. Es ist egal denn alles was zählt ist das ich hier weg muss und das bevor einer der beiden mich findet. Ich renne bis ich außer Atem bin, ich weiß nicht wohin ich laufe oder wie lange, aber als ich in den Himmel schaue wird es dunkel. „Verdammt was mache ich denn jetzt, ich habe keinen Ort an dem ich mich verstecken kann und ich weiß auch nicht wohin ich muss."

Ich raufe mir durch die Haare, ich hätte vielleicht rennen sollen bevor es schon Mittag war. Ich bleibe einen Moment stehen und setze mich auf eine Wurzel. Mein

Körper lehnt an dem Baum als ich eine kleine Höhle entdecke, sie ist nicht tief aber sie bietet mir Schutz vor der Kälte und vor dem Wind. Ich laufe die wenigen Meter zu der Höhle. Unterwegs sammele ich Blätter auf um mich zu decken zu können. In der Höhle richte ich mir ein provisorisches Bett zurecht und lege mich hin. Es ist zum Glück nicht kalt und das Nest was ich mir gebaut habe hält mich so warm das ich schon bald vor Erschöpfung einschlafe.

Janden

Fuck, Fuck, Fuck was habe ich nur angerichtet, sie musste es früher oder später erfahren. Ich laufe nun schon eine ganze Weile durch den Wald aber sie ist nicht dumm gewesen, sondern ist in verschiedene Richtungen gerannt und hat somit ihrer Fährte verteilt. Jade mein Wolf heult Ohrenbetäubend in meinem Kopf auf, ich habe nicht mehr lange Zeit sie zu finden bis ich am Tisch mit meinem Bruder der noch nichts davon Ahnt und meinem Beta und seiner Gefährtin sitze und wir die Paarungszeremonie besprechen. Ich kann nicht, nicht solange ich die kleine Rose nicht gefunden habe. Wie kann sie es wagen weg zu laufen, mein Wolf ist wunderschön, Schnee weiß mit den gleichen leuchten blauen Augen wie sie sie schon von mir kennt. Ich weiß das es schwer für sie sein muss das zu verarbeiten aber in den Wald zu renne ist einfach nur Dumm und es juckt in meinen Gliedmaßen sie für diese waghalsige Aktion zu bestrafen. Sie zu bestrafen bis sie mir schwört mich nicht noch einmal zu verlassen. Ich habe noch nie so eine Wut empfunden nicht auf eine Frau. Keine Frau hat es jemals gewagt vor mir weg zu laufen. Sie wird für mich Bluten, sie wird leiden und mich anflehen sie zu verschonen. Meine Kette wird ihren hübschen Körper zeichnen und es wird mir ein Vergnügen sein jeden einzelnen Schlag auszukosten und zu genieße. Es wird dunkel und ich muss langsam zurück, ich werde nach dem Essen direkt weitersuchen und hoffe sie zu finden bevor es die Schurken tuen denn ihre Fährte verläuft nah an der Grenze und wir hatten heute schon einen Vorfall. Im

Garten angekommen verwandele ich mich wieder und ziehe mich an, ich muss mit Saren sprechen. In der Küche singt er mit unserer Haushälterin und bereitet das essen vor, er scheint so glücklich und unbesorgt also bin ich mir sicher, dass er etwas aus den beiden Schurken bekommen die unsere Wachen gefangen genommen haben.

„Hallo Bruder, wo warst du denn so lange?"

Er schaut mich nicht an und im Moment ist das gut so denn ich will nicht sehen wie er innerlich zusammenbricht, wenn ich ihm sagen das sein Phönix verschwunden ist.

„Sie ist weg, sie hat Angst bekommen als ich ihr die Wahrheit erzählt habe."

In einer Sekunde steht er ganz dicht vor mir und die Wut und die Sorge spiegelt sich in seinen Augen, ich weiß das er glücklich war das sie alles so gut verkraftet hat und vielleicht hätte ich warten sollen bist wir zusammen sind das einer auf sie aufpassen kann, ich weiß nicht warum ich auf einmal den drang hatte. So in meine Gedanken vertieft bekomme ich nicht mit wie mein Bruder mich erwischt als er ausholt und meinen Kiefer trifft, verdammt ist er jetzt am Durchdrehen.

„Wie konntest du nur so dumm sein und das alleine machen, natürlich haut sie ab sobald sie die Möglichkeit hat."

So wie er es sagt ergibt es Sinn aber ich will es nicht wahr haben denn der Morgen war einfach viel zu schön um daran zu denken das sie tief im Inneren unseren Tod will oder einfach nur abhauen will. Ich kann sie verstehen aber ich verstehe nicht ihre Dummheit sich in so eine Gefahr zu bringen. Ich bekomme seine Arme zu fassen und drücke in an die gegenüber liegende Wand.

„Es tut mir leid okay, ich wollte es einfach hinter mich bringen, weil es ihr gutes Recht ist."

Er will etwas dazu äußern, im gleichen Moment treten Razan und seine Gefährtin über die Schwelle und ich lasse meinen Bruder los.

„Guten Abend Alphas, was ist denn hier los?"

Er sieht besorgt aus und für ihn muss die Situation Absurd sein, denn er hat uns noch nie so gesehen. Für ihn waren wir immer das Perfekte Team.

„Wir haben etwas zu besprechen, hast du einen Moment?"

Es ist wichtig das zu klären, ich weiß er ist aus einem anderen Grund hier und wäre er nicht ein guter Freund geworden würde ich ihn nicht fragen. Er folgt uns in unser Büro.

„Wir brauchen deine Hilfe, unsere Gefährtin ist verschwunden als sie herausgefunden hat was wird sind."

Er wirkt geschockt und gleichzeitig glücklich, er ist einer der vielen der dachte das wir niemals unsere Gefährtin treffen denn es gibt nur wenige Zwillinge die das schaffen und oft auch daran zu Grunde gehen, denn es liegt in unseren Genen das wir uns Fortpflanzen.

„Wann ist denn das passiert und warum war sie geschockt?"

Nun er, scheint wohl wirklich auf dem Schlauch zu stehen, aber das kann auch an der Aufregung liegen. Seine Gefährtin ist in der Küche mit unserer Haushälterin und unterhält sich, ich habe sie noch nie hier gesehen, entweder komm sie aus einem anderen Rudel oder wir waren so beschäftigt das wir das gar nicht wahrgenommen haben. Wir werden nachher noch genug Zeit haben um uns zu unterhalten und zu planen.

„Sie ist ein Mensch, wir haben sie vor einiger Zeit in dem Restaurant getroffen und da war schon dieses Kribbeln und dann wurde sie in unserem Club von so einem Gorilla geschlagen und wir haben sie versorgt und dann wussten wir, dass sie uns gehören wird."

„Und warum ist sie jetzt nicht hier, warum ist sie weggelaufen?"

In meiner kurzen Geschichte habe ich ausgelassen das wir sie gestalkt haben und sie anschließen entführt und markiert haben.

„Sie ist nicht freiwillig hier, um genau zu sein haben wir sie einfach mitgenommen als sie alleine durch die Dunkelheit gelaufen ist."

Ihm weicht jegliche Farbe aus dem Gesicht, diese Seite hat er von uns noch nie gesehen.

„Warum macht ihr sowas, jede frau würde in Ohnmacht fallen bei euch."

„Razan sie ist anders, sie ist keine Frau die einfach wie ein Puppe mit sich machen lässt was man will. Sie hat Feuer und ein großes Mundwerk und obwohl wir sie mit Sarens klinge gezeichnet hat war sie ruhig sie hat uns zu gehört und dann auch gelächelt. Welche frau hätte das schon gemacht?"

Er nickt verständnisvoll und ich bin froh das er uns deswegen nicht hasst auch wenn er jeden Grund dafür hätte.

„Also wo kann sie sein und ich bin der Meinung wir sollten Milou einweihen, sie gehört zu mir."

Er hat recht und ich öffne die Tür und winke das zierliche Mädchen hinein. Sie läuft vorsichtig an mir vorbei. Sie klein vielleicht 1,55 und mit meinen fast 2 Meter ist es für sie einschüchternd.

„Guten Abend Alpha Janden, was kann ich für sie tun."

Sie schmiegt sich an ihn und man sieht wie nah sie sich sind und ich freue mich wirklich sehr für die beiden.

„Guten Abend Milou, wir verschieben und essen auf später, unsere Gefährtin ist verschwunden."

Sie sieht traurig aus und das obwohl sie uns nicht kennt und auch Katelyn nicht. Sie ist einer der Personen die sich um andere Sorgen bevor sie nach sich selber sehen.

„Dann fangen wir an zu suchen in zweiter Teams dann können wir einen größeren Bereich absuchen."

Sie ist ein kluges Mädchen und alle nicken, wir verlassen unser Büro und gehen in den Garten. In wenigen

Minuten haben wir uns verwandelt und rennen los Saren und ich laufen an die Stelle an der ich ihre Fährte verloren habe, zum Glück erfasse ich keine andere also war auch keiner der Schurken in der Nähe was mich ein wenig beruhigt. Wir laufen Meter für Meter im Kreis und auch keinen Winkel zu verpassen. Nach einer Weile haben wir die Grenze übertreten und ich nehme wieder eine Fährte von ihr War sie ist schwach aber wir folgen ihr. Nach kurzer Zeit entdecken wir eine Höhle und einen Haufen Blätter. Wir verwandeln und uns gehen nackt zu dem Haufen. Alleine der Geruch sagt uns das der Haufen aus Blättern unsere Kate ist. Wir nähern ihr uns langsam um sie nicht zu erschrecken. Wir hocken uns ganz nah zu ihr und fassen ihren Körper an, sie ist kalt und sie zittert, wie lange liegt sie denn schon hier. Ich streichele ihr vorsichtig über den Rücken, während Saren die anderen beiden holt. Sie rührt sich ein wenig und stöhnt. Ich bin mir sicher, dass es nicht gerade angenehm ist auf dem kalten harten Boden zu liegen. Ich hebe sie vorsichtig hoch und drücke sie an meine warme Brust.

„Schh kleine Rose du bist jetzt in Sicherheit und bringen dich nach Hause und wärmen dich auf."

Sie murmelt irgendwelche Worte die ich aber nicht verstehe. Vorsichtig stehe ich auf und laufe wieder in die Richtung des Rudelhauses. Auf halben weg treffen die anderen zu mir.

„Sie ist wunderschön und sie hat so zarte weiche haut aber sie sieht auch sehr erschöpft aus."

Milou ist ganz verzaubert von meiner Rose und inständig hoffe ich das die beiden beste Freundinnen werden können und sie ihr das Leben bei uns leichter macht.

„Ja das ist sie die letzten Stunden waren sehr anstrengend für sie und sie hat kaum etwas gegessen."

Sie nickt und wendet sich dann an ihren Gefährten.

„Esse ruhig mit ihnen ich werde mich im Haus um sie kümmern, sie kann eine Freundin gebrauchen, es ist nicht leicht eine geballte doppelte Ladung Testosteron zu verkraften."

Ich werfe ihr einen gespielten bösen Blick zu.

„Das war wirklich sehr nett von dir Milou, aber die Idee gefällt mir und wenn ihr bereit seid könnt ihr gerne zum Essen kommen oder auf dem Zimmer essen."

Sie lächelt mich an und ich bin froh das Razan eine so liebevolle Gefährtin gefunden hat die auch bereit ist für andere einzustehen. Wir laufen alle schweigend zum Haus zurück wo unsere Haushälterin schon wartet.

„Könntest du einen Früchtetee für Katelyn zubereiten, sie hat draußen an der Grenze geschlafen."

Sie nickt und lächelt uns an, sie kennt uns seit der Geburt und hat uns mit großgezogen, wenn unsere Eltern nicht da waren. Sie hat nie gedacht das wir jemals unsere Gefährtin finden würden. Nach dem Tod unserer Mutter war sie wie eine Ersatz Mutter und ein treues Mitglied unseren Rudels.

„Das Arme ding muss halb erfroren sein, bringt sie hoch ins Gästezimmer, ich bringe ihr den Tee dann nach oben."

Ich schenke ihr ein Dankbares lächeln, denn ich bin ihnen allen wirklich dankbar das sie Kate so annehmen obwohl sie ein Mensch ist. Aber sie spüren alle das dieses zarte Mädchen uns komplett macht und sie akzeptieren sie als ihre Luna, ich weiß auch dass sie ein wolf sein muss um unsere Luna zu werden aber das ist zu gefährlich ihr Körper würde die Verwandlung nicht überstehen und sie würde Höllen Qualen erleiden. Ich habe heute Morgen eine Antwort von dem Alpha bekommen und er möchte vorbei kommen mit seiner Gefährtin die jetzt ein Wolf ist.

Ich lege sie ins Bett und decke sie zu und gebe ihr einen sanften warmen Kuss auf die Stirn.

„Pass gut auf sie auf, sie hatte Panik als ich mich vor ihren Augen in einen Wolf verwandelt habe."

„In Ordnung Alpha ich werde bei ihr bleiben und alle Fragen beantworten die sie hat und so gut ich es kann, ich will ihr eine Freundin in all dem fremden sein."

„Danke Milou, du bist eine Bereicherung für das Rudel und eine tolle Gefährtin für Razan, auf jedenfalls habt ihr meinen Segen."

Sie springt mir in die Arme die ich früh genug geöffnet habe.

„Danke Alpha danke, danke, danke, das bedeutet uns wirklich so viel."

Ich wende mich zum Gehen aber nicht bevor ich meiner schlafenden Rose noch einen Blick zu geworfen habe. Sie sieht so zerbrechlich aus und doch ist sie so stark. Unten warten Razan und Saren in der Küche, sie haben geholfen das essen fertig zu machen.

„Setzt euch Jungs ich bringe den Tee schnelle zu Milou und Kate und lege noch ein Paar Kekse dazu die ich gebacken habe."

Manchmal ist sie wie eine Oma die für ihre Enkel Kekse backt und Milch oder Tee dazu bringt, das liebe ich so an ihr und ich würde die Welt niederbrennen, wenn ihr jemand ein Haar krümmen würde, sie gehört zu meine Familie und das wird auch immer so bleiben.

Katelyn

Ich öffne meine Augen und ich merke sofort das ich nicht mehr im Wald bin, ich liege in einem weichen Bett und unter einer warmen decke. Moment mal wo ist denn meine Kleidung und wie bin ich denn hierhergekommen und vor allem wie spät ist es denn. Ich schaue mich im Raum um aber entdecke keine Uhr, im Gegenteil neben mir auf dem Bett sitzt eine junge Frau wunderschön mit langen fast weißen Haaren und grauen Augen und einem Lächeln das pure liebe verströmt.

„Guten Abend Katelyn, wie geht es dir und wie hast du geschlafen."

Ein wenig zögerlich setze ich mich auf, bedacht die Decke

ganz nah an meinen Körper zu pressen, hat sie mich ausgezogen und wer ist sie denn?

„Ich habe gut geschlafen und mir geht es auch gut, wer bist du denn?"

Sie strahlt mich an und ihre Weißen Zähne kommen zum Vorschein, das erste Mal seit ich hier bin fühle ich mich nicht eingeengt oder komisch, im Gegenteil ich habe das Gefühl das sie eine Freundin werden könnte.

„Ich bin Milou die Gefährtin von Razan dem Beta von Alpha Janden und Alpha Saren."

Ich erinnere mich, die beiden hatten heute Morgen davon gesprochen, dass sie zum Abendessen kommen würden, bin Janden mir offenbart hat was er ist. Alleine der Gedanke jagt mir eine Gänsehaut über den Körper.

„Du musst keine Angst haben, wir sind nicht gefährlich, nicht zu den Menschen die uns etwas bedeuten."

Also bedeute ich ihnen wirklich etwas, das zaubert mir irgendwie ein lächeln ins Gesicht, wenn ich an die Stunden denke bevor Janden sie verwandelt hat. Aber wie kann ich da so sicher sein ich bin ein Mensch und es ist für mich nicht das normalste in einem Haus voller Werwölfe zu leben. Ich hatte beim Frühstück mitbekommen das es in der Nähe auch Schurken gibt, vielleicht kann mir Milou mehr darüber erzählen.

„Was sind Schurken, heute Morgen kam ein junger Mann und hat gesagt es gibt Schurken die über die Grenze gekommen sind."

Milou wirkt kurz nachdenklich, so als ob sie abwägen müsste was sie mir erzählen darf und was nicht.

„Eigentlich darf ich das niemanden verraten aber da du die Gefährtin von den beiden Alphas bist wird das in Ordnung sein."

Ich habe mich wohl gerade überhört, ich die Gefährtin von den beiden, ja ich wusste das ich etwas Besonderes für sie bin denn sonst hätten sie mich nicht markiert aber so wie ich mitbekommen habe ist das Wort Gefährtin in ihrem Kreis das gleiche wie das Wort Ehefrau bei uns Menschen.

„Schurken sind Wölfe die entweder einem Feindlichen Rudel angehören oder gar keinem uns solche haben es geschafft über die Grenze zu kommen aber es wurde niemand von uns verletzt."

Das ist doch ein gutes Zeichen aber das heißt nicht das es für die anderen auch so gut ausgegangen ist.

„Es wurden zwei von ihnen festgenommen und der Rest direkt getötet, sie sind eine Gefahr für das Rudel und wir beschützen unsere Familie."

Ich verstehe sie, sie sind wie eine große Familie und das bewundre ich wirklich dennoch ändert das nichts an meiner Angst vor ihnen, was wenn nicht alle so gut gesinnt sind wie Milou und Razan und die Haushälterin.

Ich zerbreche mir den Kopf und das obwohl es offensichtlich ist das ich nicht hierhergehöre und auch nicht hier her gehören will für mich ist das alles fremd und es ist auch nichts womit ich mich beschäftigen will aber da gibt es noch etwas, ich frage mich warum sie mich ausgewählt haben, ich bin nicht so stark wie sie und ich habe auch sonst nichts Besonderes an mir.

"Warum ich, ich bin ein Mensch und sie sind Alphas."

Sie zuckt mit den Schultern und sind ratlos aus, sie weiß auch nicht warum.

"Ich weiß es leider selbst nicht, bis gerade wusste ich nicht mal das es dich gibt. Razan hat mir auch nicht gesagt, dass sie ihre Gefährtin gefunden haben."

Das habe ich mir fast gedacht sonst hätten sie mich wie normale Menschen zum Essen ausgeführt und nicht entführt wie Tiere, bei meinem Gedanken muss ich lachen denn sie sind Tiere und ich bin ihr Opfer.

"Weißt du was diese Markierungen zu bedeuten haben."

Ich ziehe die Decke ein wenig runter um ihr die Markierungen zu zeigen.

"Ich kann versuche es dir zu erklären, wenn Wölfe ihren Gefährten gefunden haben markieren wir diese. Im normal Fall beißen wir diesen in den Hals. Durch diesen Biss nimmt der Gefährte unseren Geruch an und jeder weiß das er vergeben ist."

Ich muss das verarbeiten, also kann ich froh sein, dass sie mich nur mit ihrem Messer markiert haben. Warum aber nur wenn ich doch ihre Gefährtin bin. Warum behandeln sie mich anders wie das was Milou mir erzählt hat.

"Warum haben sie mich dann nicht markiert wie Razan dich markiert hat?"

Sie wirkt etwas traurig, aber warum ich freue mich wirklich sehr für sie und ihn.

"Du würdest das nicht überleben, diese Bisse sind für Menschen tödlich."

Jetzt bin ich wirklich geschockt, also bin ich nicht nur in

einem Haus voller wilder Tiere, sondern, werde auch keinen ihre Bisse überleben mal abgesehen davon das meine Chance auch ohne ihr Gift sehr gering aussehen hätte ich sie aber jetzt ist mein weg wirklich Aussichtslos.

„Aber das heißt ich habe nichts gegen euch auszusetzen, wenn ihr mich verletzten wollt, tut ihr es einfach."

„Katelyn, wenn wir dir etwas antun wollen hätten wir das doch schon gemacht."

Stimmt ihre Gedankengang ist schon logisch das heißt aber nicht, dass es sich nicht ändern kann ich bin immer noch ihre Gefangene. Ich muss hier wirklich raus aber ich habe keine Idee wie das funktionieren könnte. Es klopft an der Tür und ich zucke zusammen, wie lange haben wir denn geredet. Durch die Tür höre ich die gedämpfte Stimme von Janden.

„Ich gebe euch fünf Minuten bevor ich ein Wort mit Kate sprechen muss."

Verdammt obwohl die Tür zwischen und ist höre ich diesen Bedrohlichen Unterton und ich habe das Gefühl das es nicht nur ein Wort ist was er mit mir wechseln will. Ich nicke Milou zu die sich abrupt von dem Bett erhoben hat und schon zur Tür geht, sie muss wirklich Angst vor den Alphas haben oder es ist wirklich so wie sie es sagt und die beiden stehe ganz oben an der Nahrungskette.

„Wenn du etwas brauchst ich bin für dich da, aber ich sollte jetzt gehen."

Sie verschwindet durch die Tür und für wenige Sekunden bin ich alleine in dem riesigen Zimmer und ich überlege ob ich mich nicht einfach verstecken soll und hoffen kann das er mich nicht findet. Ich möchte nicht wissen was er mir sagen wird oder noch schlimmer was er mit mir machen wird, weil ich einfach weggelaufen bin.

„Katelyn wie geht es dir denn?"

Verdammt wie hat er es geschafft sich lautlos an mich heran zu schleichen, ich zucke zusammen und springe mit einem Satz aus dem Bett.

„Was willst du von mir?"

Wie ein Raubtier das jeden Moment seine Beute schnapp pirscht er sich an mir ran und ich beobachte ihn genau. Ich weiche mit jedem Schritt den er näher kommt weiter zurück bis ich die Wand an meinem Rücken spüre.

„Dir ist klar, dass ich dich bestrafen muss, weil du versucht hast zu flüchten."

Verdamm ich habe es mir gedacht, was mache ich denn

jetzt und vor allem komme ich lebend aus dieser Sache, aber dann fallen mir Milou ihre Worte wieder ein. Sie sagte das ich ihre Gefährtin bin also werden sie auch mich nicht umbringen. Der Gedanke beruhigt mich mehr als er sollte. Janden ist nur noch wenige Schritte von mir entfernt aber er kommt erst zum Stehen als ich seinen Atmen direkt an mir spüren kann.

„Es war keine kluge Entscheidung von dir vor mir weg zu laufen."

Dieser gefährliche Unterton in seiner Stimme entgeht mir nicht, ich will mich unter ihm weg ducken aber er ist schneller, er packt mich an den Handgelenken und drückt mich mit seinem Körper an die Wand und hält meine Hände über meinem Kopf mit seiner Rechten fest. Mit seiner linken drückt er mein Kinn nach oben sodass ich ihn anschauen muss. Da ist wieder dieses Funkeln in seinen Augen und mein Körper spannt sich an.

„Komm mit, ich werde dir schon noch beibringen das du dich an unsere Regeln halten sollst."

Er schnappt sich meine Hand und führt mich raus durch den Gang und bleibt vor einem verschlossenen Raum stehen. Das Blut gefriert in meinen Adern und ich ahne wohin wir gehen.

„Saren bespreche schon mal alles mit Razan und Milou wir kommen später."

Er ruft seinem Bruder zu der bestimmt ganz genau weiß was sein psycho von Bruder mit mir vor hat. Er schließt die Tür auf und schiebt mich an sich vorbei direkt in den Raum der ganz im dunklen liegt. Er schaltet das Licht an und meine Augen brauchen einen kurzen Moment um sich daran zu gewöhnen.

„Was hast du mit mir vor?"

Ich versuche meine Worte bestimmend klingen zu lassen, aber das scheitert kläglich.

„Zieh dich aus und stelle dich vor den Tisch."

Jede Spur von Mitgefühl ist aus seiner Stimme verschwunden, ich zögere einen Moment und bereue es sofort, ein kräftiger schlag auf meinen Hinter lässt mich kurz Aufschreien.

„Du krankes Arschloch, wenn du glaubst das ich so bei euch bleibe täuscht du dich du Psycho."

In seinen Augen tobt die Pure Wut und das Verlangen zeigt sich auch immer öfters. Er ist ein kranker Sadist der es genießt, wenn eine Frau in seinen Händen leidet. Ich tue was er mir aufgetragen hat und stehe vor dem Tisch aus dunklem Mahagoni Holz.

„Ich entscheide wann es genug ist, deine Schrei und dein Jammern wird dir nichts bringen."

Verdammte scheiße, ich denke nicht nach was ich mache, sondern lasse mich auf die Knie fallen und krabble unter dem Tisch entlang.

„Verdammt Kate, lass den scheiß ich werde dich so oder so bekommen und jede Flucht macht die Bestrafung für dich nur noch schlimmer als reiß dich zusammen und komm her."

Ist er komplett verrückt geworden wie kann er glauben das ich auch nur einen Schritt in seine Richtung mache. Ich bringe soweit Abstand zwischen uns wie es nur geht und selbst das ist nicht genug. Zur Tür flüchten kann ich nicht diese hat er verschlossen. Was mache ich denn nur, ich bin eine gute Kämpferin und kleiner wir er. Ich entschließe mich eine Versuch zu starten und sprinte auf ihn los, ich setzt an und springe ihn an, er hat nicht damit gerechnet und taumelt nach hinten.

„So langsam habe ich die Schnauze voll."

Ich schlage mit meinen Fäusten auf ihn ein aber es

scheint ihn kaum zu interessieren. Im nächsten Augenblick fängt er meine Fäuste ein schiebt mich von sich und delegiert mich zur Wand an der er mich mit dem Gesicht dagegen drückt. Es war nicht meine beste Idee gewesen aber ich konnte ihn doch nicht einfach gewinnen lassen. Sein Atem geht schnell und ich spüre genau wie er sich zusammenreißen muss um nicht die Kontrolle zu verlieren. Scheiß Kate wieder konnte ich mich nicht zusammenreißen und mein Temperament gewann die Oberhand.

„Eigentlich wollte ich dich nur mit einem Flogger bestrafen, aber dein Zarter Arsch verlangt nach einer anständigen Bestrafung.‟

„Du kranker Bastard, ich habe dir nichts getan, nur das was jede Frau in meiner Situation tun würde.‟

Er schüttelt unmerklich den Kopf hinter mir, er greift in seine Hosentasche und fischt ein Seil heraus, ich wehre mich weiter aber er ist viel Stärker als ich. Er fesselt meine Hände vor dem Körper und schiebt mich dann zum Tisch. Janden fixiert Meine Hände am Tisch ende sodass ich mich über ihn Bücken muss und mein Arsch ungeschützt auf dem Präsentier Teller liegt. Er spreiz meine Beine und fixiert sie an den Tischbeinen. Ich ziehe an den Fesseln aber jeder Versuch ist zwecklos und sie lösen sich auch nicht im Gegenteil sie schneiden sich nur noch weiter in mein Fleisch und ich zische vor Schmerzen.

„Du Arschloch ich hasse dich, ich bringe dich um."

Er lacht hinter mir und verpasst mir wieder einen Schlag mit seiner Hand, ich schreie auf weniger wegen dem Schmerz aber durch den Frust den ich in mir habe. Wie konnte ich denn nur in so eine Situation geraten und die Frage die mich am meisten beschäftig ist warum ausgerechnet ich was habe ich an mir das diese beiden Psychopaten so sehr von mir fasziniert hat das sie mich entführen mussten. Wenn ich das hier überstehe werde ich kein Wort mehr mit ihnen wechseln bis sie mir diese Frage beantwortet haben und wenn sie keine Antwort haben werden sie wohl eine ziemlich stille Gefährtin haben. Ich warte geduldig ab was als nächstes passiert als ich plötzlich einen Atem in meinem Nacken spüre.

„Na kleine Raubkatze hast du denn den Kampf schon aufgegeben oder warum kommt kein freches Wort mehr über deine Lippen."

Ich wende mein Gesicht zu ihm und Blicke ihm zornig in die Augen aber das ganze scheint ihn nicht zu kümmern im Gegenteil es feuert ihn nur noch weiter an denn der nächste Schlag folgt schon in Kürze und dieser ist fester als die anderen. Ich zucke zusammen und schreie.

„GOTTTTT...... bist du verrückt."

Er lacht, dem ist wirklich nicht mehr zu helfen, was ist denn daran bitte lustig.

„Ach kleine Rose, ich bin verrückt, verrückt nach dir."

Jeder Frau würde bei den Worten dahin schmelzen außer ich, wenn ich könnte würde ich ihm den verdammten Hals umdrehen. Ich gebe nicht auf und wehre mich weiter gegen ihn und erhalte noch einen Schlag mit seiner Hand. Verdammt ich werde nicht sitzen können. Bei dem nächsten Schlag zucke ich zusammen.

„Du willst mich umbringen."

Ich schreie ihn schon an und würde ihn am liebsten erwürgen, wenn ich könnte aber ich bin ja gefesselt und ich bezweifle das ich stark genug für ihn sein werde.

„Kate du weißt ich würde dich niemals umbringen."

Das ich nicht lache der verrückte glaubt wohl nicht ehrlich das ich ihm auch nur ein Wort glaube.

„Du hast mich entführt wie kann ich dir da überhaupt etwas glauben."

Er zögert einen Moment, bevor er sich abwendet und zu einem Schrank geht. Er holt etwas Langes aus Holz aus dem Schrank. Verdammt ich muss hier weg so schnell wie möglich. Er wendet sich zu einer Kommode und holt etwas aus der Schublade.

„Ich glaube du hast mich jetzt lang genug auf die Probe gestellt, ich werde keine schlechtes Gewissen haben für das was ich getan habe."

Er ist komplett durch geknallt einen anderen Grund kann ich mir nicht vorstellen wieso er kein Fünkchen reue zeigt im Gegenteil er steht sogar noch zu dem was er und sein Bruder mit mir gemacht haben.

„Aber ich habe freunde die mich vermissen und ich habe ein Studium was ich abschließen will."

Wieder schüttelt er den Kopf, er überwindet die letzte Distanz zwischen uns und hebt mein Kind an.

„Katelyn was du das sagst interessiert mich nicht bei uns laufen die Dinge nun mal anders und du gehörst jetzt zu uns und damit wirst du klarkommen, wenn du nicht für immer eingesperrt bleiben willst."

Seine Worten lassen keinen Zweifel daran das er es wirklich ernst meint. Aber ich kann doch nicht einfach seine Puppe sein ich habe lange für mein Leben gearbeitet und wollte niemals abhängig von jemand anderen sein.

„Mach den Mund auf du hast genug gesagt für heute."

Will er mich jetzt verarschen, als ich nicht reagiere packt er meine Haare und zieht meinen Kopf nach hinten, ich will protestieren aber sobald ich den Mund auf mache schiebt er mir den Knebel in den Mund. Er ist groß sodass ich ihn keinen Stück verschoben bekomme. Am Kopf verschließt er ihn und außer gedämpfte laute kommt nichts mehr aus meinem Mund. Mit seiner Hand streichelt er mir über den Rücken und ruht dann auf meinem Hintern, er streichelt ihn und knetet ihn und der schmerz verebbt schnell und entwickelt sich in reine Lust. Ich darf sowas nicht fühlen, er tut mir weh und meinem verräterischer Körper gefällt das auch. Er wandert zu meiner immer feuchter werdenden Pussy und ich kann mich nicht wehren, ich liege ihm hilflos geöffnet vor ihm und er genießt den Anblick sichtlich. Er streichelt meine feuchte spalte und dringt dann in sie ein, er findet schnell diesen empfindlichen Punkt in mir und stimuliert ihn mit einem mörderischen tempo. Ich spüre wie sich ein Orgasmus langsam anbahnt. Mein Atem geht immer schneller und ich schaffe es kaum die Augen offen zu halten. Gedämpftes Stöhnen dringt aus meinem Mund und mein Körper spannt sich unter seinen Berührungen an. Wie schafft er das nur meine Wut löst sich in Luft auf und wandelt sich in pure Lust.

„Na kleine Raubkatze bist du bereit für deine Bestrafung."

Verdammt die hatte ich schon fast vergessen, im gleichen Moment hört Janden auf mich zu streicheln und zu fingern. Jegliche Lust ist so schnell wieder verschwunden wie sie gekommen ist.

„Ich entferne dir den Knebel, ich will deine Schreie hören."

Was für ein kranker Sadist, wie kann jemand nur so krank sein und es genießen, wenn ein anderer Mensch leidet aber für ihn sind wir wahrscheinlich eh nur Spielzeug denn ich denke nicht das Wölfe und Menschen wirklich viel gemeinsam haben. Er nähert sich meinem Kopf und löst den Knebel. Er will ihn mir aus dem Mund nehmen und ich beiße ihn in seine Hand, er soll den gleichen Schmerz spüren wie ich es tue.

„Du verdammte Schlampe, wie kannst du nur so dumm sein und mich beißen."

Er scheint richtig sauer zu sein, seine Nasenflügel blähen sich auf und obwohl ich gerade wirklich Angst vor ihm habe muss ich doch lachen das ich ihn mal aus der Fassung gebracht habe. Er richtet sich auf und seine Augen leuchte er fixiert einen Punkt und irgendwie finde ich das gerade sehr unheimlich denn nur wenige Sekunden später öffnet sich die Tür und Saren tritt ein. Wie kann das sein, war er schon auf dem Weg hier hoch, weil Janden nicht mehr nach unten kam oder ist das so ein krankes Wolfsding.

„Danke Bruder das du gekommen bist unsere kleine Raubkatze hat mich gebissen."

Saren weitet die Augen und sieht mich mit einem tadelnden Blick an. Was ist so falsch daran sich zu wehren und das auf die einzige Art die man gerade eben nur kann.

„Hätte dein Psychopatischer Bruder mich nicht gefesselt hätte ich ihm eine Ohrfeige verpasst, aber wie du siehst geht das nicht."

Saren fängt an zu grinsen und er steht als zweites auf der Liste von Menschen die ich jetzt einfach nur erwürgen will. Wenn sie glauben, dass sie so mein Herz gewinnen dann liegen sie Kilometer weit daneben.

„Sie schreit förmlich nach einer Bestrafung."

Beide nicken Synchron was wieder so unheimlich ist. Ich werde das wohl nie als normal empfinden auch wenn die beiden Psychos hier glauben das ich freiwillig hierbleiben werde.

„Möchtest du anfangen sie dafür Büsen zu lassen das sie abgehauen ist?"

Die sonst so leuchten hellgrünen Augen verdunkeln sich und ein animalischer Ausdruck liegt auf seinem Gesicht. Es zieht sich eine Gänsehaut über meinen ganzen Körper.

„Oh kleine Kate ich werde die leiden lassen bis man deine Schreie bis nach London hören würde."

Ich weiß das es nicht so weit kommen wir denn diese Folterkammer ist so gut ausgestattet das wahrscheinlich eine Bombe hier explodieren kann und keiner würde es hören. Janden überreicht Saren den Stock den er zuvor aus dem Schrank geholt hat.

„Du wirst 20 Schläge erhalten."

Das hört sich nicht nach viel an also will ich mich auch nicht beschweren umso schneller bin ich hier raus. Er positioniert sich hinter mir und streichelt ebenfalls über meinen Hinter.

„So wunderschön, noch schöner wird er sein, wenn wir mit ihm fertig sind."

Kaum hat er diesen Satz beendet saust der erste schlag genau auf die Stelle an der mich Janden zuvor getroffen hat. Verdammt ich hoffe ich werde das überstehen. Und ein weiterer Schlag folgt aber diesmal auf die andere Seite. Bei jedem Schlag der mich trifft spüre ich wie meine Haut aufreißt. Diese Kranken Bastarde, aber ich muss zugegeben das mein Körper auch auf eine andere Art und Weise darauf reagiert denn ich spüre wie sich die Feuchtigkeit zwischen meinen Beinen sammelt.

„Ihr scheint es wohl zu gefallen, mal sehen was sie dazu sagt."

Was meint er denn bitte, es folgen noch zwei weiter Schläge dann gibt er den Stock wieder an seinen Bruder zurück. Ich habe es geschafft, und mir geht es auch noch gut, ich versuche meine Atmung zu beruhigen. Janden streichelt über meinen Kopf und irgendwie sammelt sich in mir das Gefühl das er noch lange nicht fertig ist. Gerade als ich fragen wollte spüre ich einen stechen brennenden Schmerz an meinem Rücken. Will er mich etwa doch umbringen. Der Schmerz lässt ein wenig nach und ich spüre wie eine warme Flüssigkeit an meinem Rücken entlangläuft. Blut!!! ich blute, will er mich verarschen.

„DUUU Arschloch, du bringst mich um!"

Ich Schleuder ihm die Worte entgegen, mein Kopf wird nach hinten gerissen und Janden presst seine Lippen auf meine, ich will dagegen ankämpfen aber er ist einfach viel zu stark für mich, er dringt mit seiner Zunge ein und wir beide liefern uns einen Kampf, während Saren weiter mit seinen Schnitzereien beschäftigt ist. Gefühlt nach einer endlos langen Zeit fühlt es sich an als ob mein Rücken komplett offen ist, mein Körper steht unter Strom und ich bin einfach nur erschöpft. Warum lassen sie mich denn so sehr leiden. Die Brüder wechseln ihre Position und nun ist es Saren der meinen Kopf streichelt und mir die Tränen weg wischt die sich langsam den Weg über meinen Wangen gebahnt haben. Janden streichelt meinen geschundenen Hinter und jede Berührung schmerzt mehr. Ich hasse sie, auch wenn sie glauben das es richtig ist was sie da tun bin ich da anderer Meinung.

„Du machst das sehr gut kleiner Phönix."

Saren flüstert mir diese Worte in mein Ohr und in mir schaudert alles, ich kann es gerade nicht ertragen das er in meiner Nähe ist oder das überhaupt jemand bei mir ist. Ich will einfach nur schlafen, aber die beiden sind noch lange nicht fertig mit mir und wieder drängt sich die Angst ganz nach vorne in mein Gedächtnis. Ich möchte das einfach nur hinter mich bringen und dann mich zusammenrollen und schlafen.

Janden

Saren hat sich wirklich ausgetobt, er muss genauso sauer auf sie gewesen sein wie ich es genauso bin. Wie kam sie nur auf die verrückte Idee mich zu beißen, klar es tut nicht mehr weh aber es hat sich noch nie eine frau getraut mich zu beißen.

„Bist du bereit für die letzte Runde."

Sie liegt schlaff auf dem Tisch und ich weiß das sie gegen die Müdigkeit ankämpft. Jade tobt in mir und will die Oberhand gewinnen, er ist kaum zu halten denn seine Gefährtin wollte ihn verlassen und das macht ihn verrückt. Ich war schon kurz davor sie zu markieren und habe es um ein Haar nicht geschafft. Sie schüttelt kaum merklich den Kopf und ich sehe das sie es nur mit Mühe schafft aber ich muss das hier tun sonst wird es kaum mehr möglich sein meinen Wolf zu kontrollieren und wenn das passiert wird er sie verletzen und markieren wollen und so lange ich nicht weiß wie ich es schaffe das sie das überlebt muss ich alles dafür tun das es nicht soweit kommt. Ich nicke Saren zu der sanft ihren Kopf streichelt und sanft ihren Scheitel küsst, für ihn war es genauso wichtig sich ab zu reagieren den auch sein Wolf

Smaragd ist hart an der Grenze die Kontrolle zu überneh-
men und wenn wir beide die Fassung verlieren wird es
keinen geben der uns beruhigen kann und ich muss alles
daransetzen, dass es niemals soweit kommt. Ich
schnappe mir eine Peitsche mit kleinen goldenen Kügel-
chen an den Enden. Jade heult zustimmend in meinem
Kopf und ich weiß das es schwer zu ertragen für sie sein
wird aber um in Sicherheit zu sein muss ich einfach wissen das Jade zufrieden ist.

„Du bekommst von mir 20 Schläge danach ist es vorbei
und wir werden dich versorgen."

Ich bin mir sicher, dass sie danach nicht will das wir sie
anfassen aber die Wolfschnitzerei von Saren muss behandelt werden ebenso die Striemen die aufgerissen sind
auf ihrem hintern. Ich schlage die an stellen die Saren
mit dem Stock verschon hat aber bei jedem Schlag mehr
werden ihre Schreie lauter und dazwischen wimmert sie.
Ihr laufen Tränen über das Gesicht die Saren verwischt,
ich weiß aber, dass ihn das unheimlich geil macht und
ich weiß auch das wir dagegen etwas tun müssen. Nach
zehn Schlägen zittert sie am ganzen Körper, ich höre wie

Saren ihr Mut zuspricht aber sie weiß das ich nicht auf-
hören kann bis Jade zufrieden ist und er muss mindestens 20 Schläge auf ihrem Körper spüren sonst wird er
lautstark in meinem Kopf heulen und auf und ab laufe
bis ich ihm diesen Wunsch erfülle. Bei wölfen dauert es
eine Zeit bis sie im Einklang mit ihrem Wolf sind aus dem
Grund sie die Verwandlungen zu Beginn über Stunden-
lange Qual. Mit den Jahren lernt man sich und seinen
Wolf besser kennen und in nur wenigen Minuten schafft
man es sich zu verwandeln.

„Ich hasse euch, ich werde euch niemals respektieren
und lieben."

Sie weiß einfach nicht wann es besser ist das sie einfach
mal den Mund hält.

„Kate du wirst keine andere Wahl haben denn wir werden dich nicht gehen lassen."

„Es liegt also an dir wie lange es dauert bis du Rubi wieder sehen kannst."

Ihr Gesichtszüge erhellen sich, Rubi ihre beste Freundin
ist beruhigt und glücklich das ihr beste Freundin ein Platz
an einer der besten Unis bekommen hat. Auch wenn das

nicht stimmt, noch nicht zu mindestens denn einer unserer Lehrer im Rudel ist einer der renommiertesten Lehrer an den Elite Unis dieser Stadt und wenn Kate sie fügt wird sie die Möglichkeit bekommen ihren Abschluss zu machen und innerhalb des Rudels arbeiten zu können.

„Die Letzen Schlägt zählst du laut mit.‟

Ihr Körper zittert und ich spüre das sie Angst hat aber ich spüre auch das die Lust die Oberhand gewinnt und sie ist sowas von feucht. Ich Finger sie und tauche ganz tief in sie ein und finde den Punkt der sie an die Grenze des Orgasmus bringt ihr Beine spannen sich an und sie ist kurz davor zu kommen. Saren beginnt sie zu küssen und ich Finger sie weiter und stimuliere ihre Kilt. Sie löst sich von Saren und kommt schreiend zum Orgasmus. Saren löst ihre Fesseln und massiert ihre Gelenke.

„Du hast genug gelitten kleine Raubkatze, wir werden dich jetzt duschen.‟

Ihr laufen die Tränen über das Gesicht und sie wehrt sich nicht. Sie sagt kein Wort und in mir tobt ein Zunamie aus Schuld Gefühlen. Wir haben nur an uns gedacht, daran gedacht unsere Wölfe zu beruhigen aber wir haben nicht mehr an unsere kleine Raubkatze gedacht. Ich hebe sie hoch nachdem ich all ihre Fesseln gelöst habe und trage sie aus dem Zimmer in Saren sein Bad da es am nächsten liegt und sie ziemlich müde ist. Ihr Augen fallen immer öfter zu und ich streichele ihr über den Kopf.

„Kannst du stehen, oder soll ich dich halten?"

Sie nickt und ich lasse sie los, ich möchte sie nicht noch mehr bedrängen, weil ich mir sicher bin das sie sauer ist.

„Könnt ihr mich alleine lassen."

Ich verstehe sie aber dennoch verletzt es mich wirklich sehr das sie jetzt nicht unsere Nähe ertragen kann.

„In Ordnung ich brauche nur ein paar Minuten alleine."

Wir lassen sie alleine und gehen nach unten zu Razan und Milou.

„Wie geht es ihr denn, ihr seht ziemlich mitgenommen aus."

Razan schaut uns an und Milou steht auf und nimmt uns in den Arm.

„Ich werde nach ihr sehen, brauche ich etwas um sie zu versorgen?"

Verwirrt schaue ich sie an und ihr Blick wandert zu Saren, verdammt das Blut seiner Raubkatze klebt an seinem weißen Hemd. Verdammt was sie wohl von uns denkt.

„Alles gut Razan hat mir erzählt das ihr eine speziellen Geschmack habt."

Wow also waren wir doch nicht so vorsichtig wie wir dachten mit unseren vorherigen Spielzeugen.

„Solange es ihr gut geht und sie keine bleibenden Schäden davon trägt ist es eure Entscheidung."

Ich hätte mit allem gerechnet aber nicht das es akzeptiert das wir unsere sadistische Ader ausleben können ohne verurteilt zu werden. Ich nehme sie in den Arm.

„Danke ihr seid wirklich wundervolle Rudelmitglieder, geh zu ihr, wir sind hier unten."

Milou wendet sich ab und ist schon auf dem Weg aus der Küche.

„Alpha Saren ich an ihrer Stelle würde mich ausziehen."

Wir fangen an zu lachen und schütteln die Köpfe, es ist ein Absurder Moment aber sie ist eine Bereicherung für unser Rudel und ich bin mir sicher das Kate durch ihre Hilfe auch ein glückliches Teil des Rudels werden kann. Ich bin mir sicher denn sie ist so eine gute Seele und ich habe nach dem Gespräch zwischen ihr und Kate das Gefühl gehabt das sie sich etwas öffnen konnte und ich hoffe das es immer weiter Berg auf gehen kann. Es wird der Moment kommen an dem sie unsere Gefühle für sie verstehen und erwidern kann und nicht Angst davor hat uns zu berühren für das was wir sind. Saren öffnet sein Hemd und zieht es aus und schmeißt es direkt in den Müll. Es ist einer seiner besten Entscheidungen die er heute machen konnte.

Mit einem etwas mulmigem Gefühl steige ich die Treppe hinauf. Ich wusste das die Alpha Brüder nicht gerade sanft und romantisch sind aber das Saren es zustande bringt Blut verschmiert in dem Essbereich aufzutauchen. Ich mache mir nun ein wenig Sorgen um Katelyn, ist sie bereit den Ansprüchen der beiden gerecht zu werden. Ich möchte für sie da sein denn sie ist so ein Mensch der liebevoll und Verständnis für alles und jeden aufbringen kann, sie ist wie die Schwester die ich nie hatte. Janden hat mir gesagt, dass sie in Sarens Zimmer ist. Ich höre ein Wildes treiben in seinem Zimmer und bin mir nicht sicher ob ich den Versuch wagen soll zu ihr zu gehen.

„Katelyn, darf ich reinkommen?"

Ich warte ob ich eine Antwort bekomme als sie kurze Zeit später die Tür öffnet. Sie sind ziemlich durch den Wind aus und ihr Haar ist Nass vom Duschen. Ich spähe an ihr vorbei in den Wohnbereich des Zimmers und weite meine Augen. Sie hat ganze Arbeit geleistet Wasen und Bücher und Lampen sind zerstört im ganzen Zimmer verteil, die Sofakissen liegen Watteleer auf dem Boden und die Watte liegt überall herum.

„Darf ich reinkommen, oder haben wir hier gar keine Möglichkeit mehr zum Sitzen."

In meiner Stimmt schwingt sanfte Belustigung mit und ich erreiche genau das damit was ich erhofft habe denn auf ihrem Tränen verschmierten Gesicht erscheint ein zartes Lächeln.

„Im Schlafzimmer ist noch alles in Ordnung."

Jetzt muss ich wirklich lachen, wie hat sie es nur geschafft in so kurzer zeit ein solches Chaos zu prodozieren und ich kann mir innerlich vorstellen wie Saren ausrasten wird.

„Na dann komm lass uns reden und Spaß haben."

Jetzt strahlt sie mich an und ich bin mir sicher, dass es das erste Mal ist seit sie hier ist das sie sich so fühlt und lachen kann aus tiefstem Herzen. Ich hoffe das ich sie soweit bekomme das sie sich auch in der Gegenwart von den beiden sich so wohl fühlt. Sie geht voraus und trotz des Handtuchs erkenne ich das Werk von Saren auf ihrem Rücken es ist ein riesiger Wolf, die Linien sind perfekt und wie auch bei den Markierungen an ihrem Schlüsselbein wird der wolf für immer bleiben. Die Narbe wird rot bleiben das ist der Nachteil, wenn man die Wunde mit Wolfsblut behandelt um sie schneller zu schließen.

„Ich hole uns was zum Trinken und dann vergessen wir mal die Männer da unten."

Sie lächelt und ihr Lachen ist wirklich ansteckend und ebenso mit einem Strahlen gehe ich in die Küche und hole uns einen Tequila und zwei Gläser und ein Paar Zitronen. Im Schlafzimmer angekommen hat es sich Kate schon auf dem Bett gemütlich gemacht.

„Lass und betrinken und einfach mal vergessen was passiert ist."

Sie wirkt kurz traurig aber dann hellt sich ihre Miene wieder auf.

„In Ordnung aber kannst du zuvor meine Verletzungen Versorgen."

Ich verschwinde kurz in Bad um die nötigen Sachen zu holen und in der Zeit hat sie schon das Handtuch so gelockert das ich das komplette werk sehen kann. Ich bin sprachlos der Wolf sieht genauso von der Form her aus wie die von Saren und Janden, es ist wirklich perfekt aber ich kann mir vorstellen das es schmerzhaft ist. Ich reinige es und trage eine salbe auf. Dann schaue ich mir die Striemen auf ihrem Körper an, sie sind zum Teil aufgerissen und Bluten noch ein wenig nach. Auch diese Reinige ich und die tieferen verbinde ich mit Kompressen und Tape die anderen versorge ich auch mit einer Salbe.

„Sie haben dich bestraft, weil du Weg gelaufen bist oder?"

Sie blickt sich im Raum um und geht dann zu dem riesigen Begehbaren Kleiderschrank und holt sich eines von Sarens schwarzen Shirts raus und Streift es sich über.

„Ja das haben sie und weil ich Janden in die Hand gebissen habe."

Was hat sie gerade gesagt, ich glaube seit ich in diesem Rudel bin hat es noch niemand gewagt die Alphas zu beißen aber anderseits kann ich sie auch gut verstehen denn sie kennt diese Welt nicht und kennt es auch nicht sich einem Mann unter zu ordnen.

„Ich habe den größten Respekt vor dir das hat sich noch keiner getraut."

Sie reißt die Augen auf sie hat nicht damit gerechnet das jemand sie respektieren würde, weil sie nur ein Mensch ist.

„Hattest du denn jemals einen Freund?"

Sie schaut zu Boden und ich ahne was jetzt kommen wird.

„Ja schon aber das ist Jahre her ich wollte mich auf mein Studium konzentrieren."

Jetzt verstehe ich auch das was Saren erzählt hat wie sie auf Kate aufmerksam geworden ist, weil so eine alte Dame gemeint hatte das sie einen Mann braucht.

„Das verstehe ich zu gut, was studierst du denn genau und wie lange musst du denn?"

Wieder wirkt sie etwas traurig und ich weiß auch warum sie hat Angst das sie nie wieder in ihr altes Leben kann und leider ist das auch so.

„Ich habe Grafikdesignt studiert und hätte noch über ein Jahr."

Wow also ist sie nicht nur intelligent und stark, sondern auch noch kreativ. Sie wird ganz bestimmt meine beste Freundin werden.

„Wow Kate du bist wie die Schwester die ich nie hatte, wenn du möchtest zeige ich dir morgen einen Ort an dem du zeichnen kannst."

Sie wirkt total begeistert und das macht mich genauso glücklich.

„Aber ich habe doch gar kein Zeichen zeug hier."

Es ist so schön, dass wir ein Thema gefunden haben das uns beide begeistert.

„Du kannst was von meinen Sachen haben, wir müssen dann nur an unserem Haus vorbei das ist nicht weit vom Rudelhaus entfernt."

Sie springt auf und nimmt mich in den Arm und ich tue es ihr gleich, für wenige Augenblicken halten wir uns so und es ist einfach schön, dass sie endlich auftaut auch nachdem was Janden und Saren ihr angetan haben.

„Aber jetzt lass und einen trinken auf ewige Freundschaft."

Ich schenke zwei Gläser ein und reiche ihr eins mit der Zitrone und dem Salz.

„Danke du bist meine Schwester geworden."

Ich strahle sie an und wir stoßen an und leeren das Glas.

Die nächsten Stunden verbringen wir mit lachen und trinken und noch mehr lachen, wir erzählen uns von unseren Leben und unseren Hobbys. Wie es sich zeigt sind wir beide ziemlich ähnlich und das freut mich umso mehr. Wir sind beide ziemlich angetrunken und es ist wirklich eine Lüge das man als Werwolf den Alkohol viel schneller verarbeitet. Wir lachen und kichern.

„Komm lass uns ein wenig tanzen."

Die Idee von ihr ist super ich verbinde mein Handy mit der Bluetooth Box und wir tanzen zu Jason Deul. Ich schmeiße mich vor ihr aufs Bett und twerke mit meinem Hintern und schwinge im Takt meine Kurven. Sie zieht mich hoch und gemeinsam wippen wir mit unseren Hüften im Takt. Sie hat die perfekte Figur eine schmale Taille und eine schöne runde Hüfte mich einem knackigen Hintern. Ich weiß nicht wie lange wir tanzen aber ich spüre das wir nicht mehr alleine sind. Ich drehe mich um und zucke zusammen als ich Razan, Janden und Saren im Türrahmen sehe. Verdammt wie lange stehen sie denn da schon. Ich schau zum Bett auf der mittlerweile zwei leere Flaschen Tequila stehen.

„Na Ladys wie ich sehe amüsiert ihr euch gut."

In Sarens stimme liegt ein gefährlicher Unterton und ich möchte nicht die jenige sein die erfährt was das zu bedeuten hat.

„Schatz ich glaube es wird langsam Zeit nach Hause zu gehen."

Ich sehe Razan hilfesuchen an und er grinst amüsiert aber ich sehe ihm auch an das er bereit ist mir zu helfen und dafür werde ich ihm nachher noch sehr dankbar sein. Ich nehme Kate in den Arm und verabschiede mich dann von ihr.

„Wir sehen uns morgen Kate ich hole dich gegen Mittag ab."

Ich wende ich zu Saren und Janden und schaue ein wenig schuldig zu Boden.

„Gute Nacht Alpha Janden, Gute Nacht Alpha Saren."

Razan bietet mir seine Hand an und wir verschwinden aus dem Zimmer.

„Was habt ihr denn bitte mit dem Zimmer angerichtet."

Ich muss grinsen denn er glaubt allen Ernstes das ich daran schuld bin.

„Schatz das waren nicht wir das was Kate alleine, sie war ziemlich sauer auf die Alphas."

Er nickt und ich sehe ihm an das er es versteht und ich bin froh ihm nichts Genaueres erzählen zu müssen.

„Ich hole Kate morgen ab wir gehen am See zeichnen, sie tut es genauso gerne wie ich."

Er lächelt mich verliebt an denn er hat immer für mich gehofft, dass ich jemanden finde mit dem ich meine Leidenschaft teilen kann.

„Das freut mich das du endlich jemanden gefunden hast, aber jetzt komm ich bin müde."

Wir verwandeln uns und rennen den kurzen weg zu unserem Haus und fallen nach einer heißen und Leidenschaftlichen Runde Sex in einen tief schlaf den ich nach heute wirklich gebraucht habe.

# Saren

Fuck was ist denn hier passiert, ich kann mein Zimmer kaum wieder erkennen alles ist verwüstet und die Watte der Kissen liegt überall herum. Im Schlafzimmer höre ich Musik und Gekicher. Es ist schön, dass es Kate gut geht anderseits musste sie aus Frust nicht meine Suite auseinandernehmen. Ich muss echt ein Wörtchen mit ihr reden.

„Madame hast du mir nicht etwas zu sagen?"

Ich schaue sie mit einem zwinkre an und spüre wie unwohl sie sich fühlt und von einem Fuß auf den anderen Tritt

„Ich ähm also, ich kann das erklären."

Janden platzt bald vor Lachen und ich finde das wirklich amüsant denn die kleine Raubkatze ist betrunken und sie sieht so unschuldig dabei aus. Ich verringere die Distanz zwischen uns und bin jetzt direkt vor ihr, ich kann mein Duschgel und Shampoo an ihr riechen und verdammt riecht es gut an ihr. Ich schnappe mir eine Strähne ihrer roten Mähne und spiele mit ihr. Ich Wickel sie um meinen

Finger und ich sehe wie es Kate schwer fällt die Nähe zu zulassen, ob es nur daran liegt was ich im Käfig mit ihr angestellt habe oder ob noch mehr dahintersteckt.

„Komm her kleine betrunkene Raubkatze."

Sie kichert und würde ich sie nicht stützen würde sie noch hinfallen.

„Was für perverse Sachen habt ihr jetzt schon wieder mit mir vor."

Sie kann ja so witzig sein, wenn sie betrunken ist. Ich schnappe sie mir und schmeiße sie über meine Schultern.

„Dir ist klar, dass du das Chaos morgen beseitigen tust."

Sie zappelt und schlägt mir auf den Rücken.

„Träum weiter du aufgeblasenes Arschloch, ich bin nicht deine Sklavin."

Sie kann schon eine ziemliche Zicke sein aber so betrunken wie sie ist kann ich es ihr gar nicht übelnehmen. Sie protestiert weiter und auf dem Weg in Sarens Zimmer läuft uns Zeyna über den Weg und sie muss schmunzeln.

„Mein Zimmer musst du nicht machen, Katelyn hat sich ausgetobt."

Ich weiß, dass ihr Neugier siegen wird und das tut sie sie dreht um und läuft in meine Suite.

„Um Himmels willen, was habt ihr mit ihr gemacht, dass sie so wütend war."

Warum ist es eigentlich immer unsere Schuld, nur weil wir einfach uns durchzusetzen wissen ist das keine Entschuldigung die Hölle ausbrechen zu lassen.

„Lass mich sofort runter oder!"

Ich lasse sie den Satz nicht beenden, gerade als sie ihre Drohung aussprechen wollte, bekommt sie einen Klaps auf ihren Hintern. Ich weiß das er ziemlich geschunden ist durch die Schläge von Janden und mir aber sie muss auch einfach nicht frech werden.

„Es ist gut für heute Saren, sie hat genug gelitten. Jetzt soll sie nur noch blankes Verlangen spüren."

Die Idee von meinem Bruder klingt sehr gut. Ich möchte sie zum Schreie bringen aber nicht aus Schmerz, sondern vor Lust. Sie soll meinen Namen schreien mit all der Leidenschaft die in ihr brennt. Sie soll mich reiten währen sie Janden Schwanz bläst. Ich möchte sie in beide Löcher ficken aber nicht heute. Heute werden wir sie nacheinander nehmen um sie nicht noch mehr zu überfordern.

„Bis du fertig, kleine Kate wir haben nur noch schönes heute mit dir vor."

Jetzt lacht sie auch noch auf meiner Schulter und so gern ich sie dort habe wird es anstrengend ihren wackelnden Körper fest zu halten. Janden öffnet die Tür und verschließt sie nachdem ich mit Katelyn eingetreten bin.

„Du warst sehr tapfer Kate, du bist die erste frau die das Überstanden hat ich wusste das du stark bist."

Sie hört mir nicht zu denn sie ist auf dem Weg zum Sofa und lässt sie darauf plumpsen. Da fällt mir auf das sie eins meiner Shirts trägt und das darf wirklich keiner aber bei ihr stört es mich nicht wirklich. Im Gegenteil es beruhigt Smaragd sehr denn für ihn ist es ein weiteres Zeichen das sie uns gehört.

„Hey Schlafmütze, du kannst später schlafen."

Janden ist in Sekunden bei ihr und zerrt ihr das Shirt über den Kopf, er hat es wohl ziemlich eilig das er so über sie herfällt.

„Das wollte ich den ganzen schon machen kleine Rose."

Er knurrt diese Worte in ihr Ohr und es zeigt pures Verlangen nach ihr.

„Bringt es einfach hinter euch ich bin nur müde."

Verschlafen blickt sie zu Janden der sich nicht mehr ganz so sicher ist.

„Willst du es denn nicht Katelyn?"

Sie gähnt als Antwort und ich bin mir sicher, dass sie gerne würde aber einfach zu müde ist.

„Dann lass uns schlafen, ich habe gehört du gehst morgen mit Milou zum Zeichnen in den Wald."

Ich finde es wirklich schön, dass sie und Milou sich so gut verstehen, denn das hilft ihr auch sich im Rudel einzufinden und auch mit all dem neuen zurecht zu kommen.

„Ich möchte Rubi morgen anrufen."

Ich wusste das sie das Thema nicht sein lassen würde, diese Frau ist ihre beste Freundin auch wenn sie seit Katelyn hier ist nicht versucht hat anzurufen oder hat auch nur eine Nachricht geschickt. Entweder ist ihr etwas passiert was eher unwahrscheinlich ist oder ihr ist Kate doch nicht so wichtig denn sie hat ja ihre verlobte.

„Komm mit ins Bett du musst nicht auf dem Sofa schlafen."

Sie steht auf und geht trotzig an mir vorbei ohne mich zu beachten. Sie geht zum Bett holt sich eine Decke und geht wieder auf das Sofa. Sie kann wirklich zickig sein und das nur weil sie nicht mit ihrer Freundin telefonieren kann.

„In Ordnung ruf sie an aber erzähle nichts von uns oder dass du bei uns bist sonst hat das Konsequenzen und jetzt ab ins Bett oder ich mache es,"

Janden ist ziemlich Sauer denn sonst würde er nicht so reagieren und ich verstehe ihn auch den Katelyn ist eine erwachsene Frau und sie schmollt wie ein kleines Kind anderseits kann ich sie auch verstehen denn sie wollte das hier alles gar nicht und dennoch wird sie dazu gezwungen aber ich bin der Meinung das es einfacher für sie wäre, wenn sie ihr Schicksal akzeptieren würde anstatt sich dagegen zu wehren. Aber morgen ist ein neuer Tag und ich hoffe das ihr der Tag mit Milou guttut. Sie hat es sich tatsächlich auf dem Sofa gemütlich gemacht und ich würde ihr glatt den Arsch versohlen für ihre Sture art. Es dauert nicht lange dann ist sie auch schon eingeschlafen. Der Vorteil an dem Sofa ist das man es noch ausziehen kann und wir legen uns zu unserm Phönix aufs Sofa und decken uns zu.

„Sie ist wirklich eine starke Frau und ich bin glücklich das sie unsere Gefährtin ist."

„Aber das was sie heute gemacht hat war einfach nur Dumm, was wenn Schurken in den Nähe gewesen wären."

Er klingt ein wenig besorgt und ich verstehe es ja auch zu gut denn seinetwegen ist sie ja überhaupt weggelaufen. Wir müssen ihr zeigen bis wohin sie sich bewegen kann ohne dass sie sich Gefahren aussetzt wie den Schurken oder unserem Vampirfreund. Ich werde ihm morgen mal einen Brief zukommen lassen indem ich schreibe das wir ihm keine Frauen mehr bringen können, weil wir unsere Gefährtin gefunden haben. Morgen ist auch für uns ein großer Tag den auch Alpha Sinan und seine Gefährtin kommen, wir haben einige Fragen an ihn und seine Gefährtin wie sie die Markierung ihres Gefährten überlebt hat. Mein Bruder und ich haben lange geforscht aber nirgends gab es einen Fall wie es ihn bei uns gibt.

„Hoffen wir das wir morgen ein Paar Antworten auf unsere Fragen."

Mein Bruder betrachtet gerade seine Kate und streichelt ihr Haar und küsst ihre Wange.

„Du hast recht Jade und ich haben jeden Tag mehr das Verlangen danach sie zu markieren."

Ich streichele ihren Rücken und wandere mit meinen Händen hinunter zu ihrem Po und streichele und knete ihn. Erst reagiert sie nicht doch dann schmiegt sie sich ganz eng an mich und mein Schwanz reagiert sofort. Ich hoffe sie nimmt mir meinen nächtlichen Angriff nicht übel aber ich habe schon den ganzen Tag auf sie verzichtet.

„Was machst du denn da bitte lass sie schlafen."

Janden bringt mich wahrscheinlich gleich um aber ich sehe ihm an das er es genauso will und das verstehe ich zu gut und er hat sie sogar schon gefickt mir hat sie bisher nur meine volle Härte geblasen.

„Was gedenkst du was du da tust Saren."

Er ist so ein Spielverderber aber es hat ja auch recht ich sollte sie um Erlaubnis bitten und sie nicht direkt ficken.

„Kate psst bist du wach."

Sie murmelt irgendwelche nicht verständlichen Worte und frustriert gebe ich ihr einen Klaps auf den Hintern.

Sie fährt herum und starrt mich mit weit aufgerissenen Augen an.

„Du kann auch niemals ruhe geben oder Saren?"

Sie kennt mich einfach schon zu gut und das gefällt mir denn so muss ich ihr nicht alles sagen.

Sie rollt sich auf den Rücken und blickt mich an, sie ist wirklich eine wunderschöne Frau und auch wenn sie wirklich müde ist springt sie mir nicht an die Gurgel und versucht mich zu erwürgen. Ich lächle sie vorsichtig an und ich bin ihr gegenüber wirklich vorsichtig da ich einfach nicht weiß wie sie reagieren wird nach dem Tag den sie hatte. Ich hatte andere Pläne aber jetzt will ich mich lieber an sich kuscheln.

Janden

Was zum Teufel macht er denn jetzt da, erst wird er fast verrückt, weil er sie heute nicht gefickt hat und jetzt kuschelt er sich einfach an sie und ignoriert seinen Steinharten Schwanz einfach, warum macht er denn so einen Aufstand und weckt sie auf aus dem Schlaf den sie wirklich gebracht hat und dann macht er nichts weiter. Nur weil er die Weiße flagge schwenkt gilt das noch lange nicht für mich, ich möchte sie heute spüren ich will das sie meine Härte tief in den Mund nimmt und ihre Lippen um ihn schließt und fest an ihm saugt. Alleine der Gedanke macht ihn einfach noch härter und ich halte es einfach kaum aus. Ich lege meine Hand auf ihre Brust und knete ihren Nippel und stöhnt. Ich möchte sie wirklich spüren aber sie ist einfach so müde das ich sie auch nicht überrumpeln will.

„Was machst du denn da bitte Janden, siehst du nicht wie erschöpft unsere Raubkatze ist."

Das sagt gerade er der vor nicht mal fünf Minuten über sie herfallen wollte also sollte der derjenige sein der dankbar ist und mich nicht noch verurteil für das was ich bin.

„Ich hole mir das was mir vorher verwehrt wurde, weil du sie zu sehr überfordert hast."

Es tut mir nicht leid denn er hätte es mit der Bestrafung wirklich nicht so ernst nehmen müssen und ihren Hinter so versohlen müssen das die Striemen sogar nach stunden noch bluten. Es interessiert mich die Bohne was er jetzt von mir denkt denn vor einem kurzen Augenblick war es ihm auch scheiß egal was ich davon denke, wenn er sie einfach wecken tut um sie zu ficken. Ich streiche ihr zwischen den Beinen und spüre wie feucht sie einfach ist und dass ihr das gefällt was ich mit ihr in diesem Augenblick veranstalte. Und genau damit mache ich jetzt auch weiter denn ich will das es ihr gut geht und das auch sie auf ihre Kosten kommt und natürlich auch ich denn ich bin mir sicher das ihr Verlangen nach uns noch nicht so groß sein kann oder es liegt einfach daran, dass wir ihr Leben komplett verändert haben.

„Jungs jetzt bin ich schon wach also hört auf zu streiten." Sie klettert über mich und steht vor dem Sofa, was hat sie denn jetzt bitte vor. Ehe ich reagieren kann sprintet sie schon zur Tür und verdammt ich habe vergessen abzuschließen in Sekunde bin ich aufgesprungen, egal ob ich nackt bin oder nicht. Saren lacht hinter mir nur und wenn ich die Zeit hätte würde ich mich umdrehen und ihn erwürgen.

„Katelyn, wenn ich dich in die finge bekomme Ficke ich dich an Ort und Stelle."

Auf dem Treppenabsatz kommt mir Zeyna entgegen. Was macht denn die Frau um die Uhrzeit auf den Gängen. Wo ist sie denn bitte hin, die Eingangstür ist zum Glück verschlossen genauso wie die anderen Türen. Ich bleibe stehen und setzte mein Wolfsgehör ein und höre leise Schritte die in der Küche wahrzunehmen sind. Ich schleiche mich langsam an die Schiebetür die verschlossen ist und öffne sie ein Stück. Kate seht mit dem Rücken zu mir am Tresen und trinkt ein Glas O Saft. Ich schleiche mich an sie an und bekomme sie an ihrer Mitte zu fassen. Vor schreckt lässt sie das Glas fallen. Der Saft bespritzt mich.

„Hab dich kleine Rose um die Sauerrei kümmern wir uns später."

Ihr Herz schlägt schnell, ich drehe sie zu mir um und unsere Nasen sind nur wenige cm voneinander entfernt. Ihr warmer Atem streift mein Gesicht. Ich Näher mich ihr und küsse sie leidenschaftlich und bestimmend.

„Du weißt doch wer hier das sagen hat."

Raune ich ihr die Worte ins Ohr und knabbere an ihrem Ohrläppchen. Sie keucht und ihre Hände ruhen jetzt auf meinen Schultern. Ich küsse ihren Hals und ihr Duft weht in meine Nase und fuck ich werde niemals genug von ihr bekommen. Jade ist aus dem Schlaf aufgewacht und kratzt wieder an mir um ihm die Oberhand zu überlassen. Meine Rechte Hand wandert über ihre Brüste zwirbelt ihren Nippel und ruht dann auf ihrem Hintern. Meine Linke löst ihre Shorts und Ihre Shorts fallen zu Boden und ich helfe ihr aus ihr raus zu treten. Ich habe sie hoch und setze sie auf den Tresen, spreize ihre Beine und verschaffe mir den Zugang zu ihrer empfindlichsten Stelle.

"Du gehörst mir hast du das verstanden?"

Sie nickt und ihr entkommt ein Stöhnen als ihr ihr zwei Finger in ihre feuchte Pussy schiebe. Rhythmisch ficke ich ihre Pussy und sie lässt sich fallen. Ihr Kopf kippt nach hinten und mit meiner anderen Hand deute ich ihr mit einen Druck das sie sich hinlegen soll. Ich lege ihre Beine auf meine Schultern und beige mich zu ihrer fast auslaufenden Spalte. Mit der Zunge umkreise ich ihre Klit und

sie windet auch unter mit. Eigentlich wollte Saren sie ficken aber wenn er nicht bald kommt werde ich das für
ihn machen und das mit dem tiefsten vergnügen. Ihr
Körper beginnt zu zittern und ich weiß das es bald so
weit sein wird. Meine Hände krallen sich in ihren Arsch
und dieses Wimmern macht mich unheimlich geil. Ich
dringend in sie mit meiner Zunge ein und lecke sie und
knete ihren Arsch.

"Gott Janden ich Halts nicht mehr aus."

So nett wie ich bin komme ich ihrer Bitte nach und lecke
in einem unaufhörlichen Tempo ihre Klit und ihr ganzer
Körper spannt sich an.

"Komm für mich schrei meinen Namen und sage mir
wem du gehörst."

Ich merke wie schwer es ihr fällt aber mein Ego braucht
das jetzt und ich will es aus ihrem Mund hören. Sie
sträubt sich immer noch, dieses kleine Biest.

"Vergiss es ich werde dein Ego damit nicht befriedigen."

Wie sie eben will, Dann quäle ich sie ebenso lange bis sie
mir meinen Wunsch erfüllt und ich bin mir sicher das wird
sie denn auch Jade drängt sich mehr und mehr in den
Vordergrund und obwohl ich weiß das es ein Fehler ist

aber er braucht das jetzt und vor allem ich brauche es. Ich lasse ihm den Vortritt und er beginnt sein Tempo zu erhöhen und er ist gröber als ich er lässt ihr keine Zeit sich zu erholen, sondern treibe sie immer wieder bis an die Klippe des Orgasmus und ich liebe ihren Anblick, wie ihr Körper sich anspannt und sie innerlich mit sich kämpft.

„Nur diese Paar Worte und du darfst endlich kommen."

Sie schüttelt nur den Kopf und irgendwie beneide ich sie um ihren Kampfgeist und sie ist stark für einen Menschen denn alle anderen hätten schon lange nachgegeben und hätten mir das gegeben was ich wollte. Bei anderen Frau wären sie jetzt aber schon nicht mehr hier. Ich wusste schon immer das unsere Gefährtin den gleichen Kampfgeist hat wie wir. Sie fängt unter mir an zu zappeln und ich verliere auch so langsam die Geduld. Ich höre auf sie zu Fingen, sondern halte mich mit beiden Händen an ihren Hüften fest.

„Ich werde dich so hart ficken das du nie jemand andere haben willst."

Sie dreht sich zu mir um und blickt mit ihren erschrockenen Augen direkt in mein Gesicht. Auf meine Gesicht liegt das pure verdorbene und ich liebe es ihr zu zeigen wie verdorben ich bin. Denn ihr Körper gehört mir und von mir aus ficke ich sie auch vor allen anderen um zu zeigen zu wem sie gehört aber ich bin mir sicher, dass sie mich dann nur noch mehr hasst. Ich steigere mein Tempo und meine rechte Hand wickelt sich um ihre Haare. Sie keucht und stöhnt und ich fluche, denn fuck sie ist so eng und das liebe ich an ihr der Gedanke das ich ihr erster war beflügelt mein Gefühl und treibt mich in kürze zum Höhepunkt und auch Kate ist nicht mehr weit entfernt und diesmal lasse ich sie kommen. Sie kommt mit einem lauten schrei und ihr Orgasmus dauert wenige Minuten bis sie erschöpft auf dem Tresen zusammensackt. Auch ich spüre die tiefe Befriedigung in mir. Jade ist zwar zornig das ich ihm nicht die ganze Kontrolle überlasse aber es war zu ihrem Schutz.

„Komm lass uns schlafen gehen, du willst doch morgen fit sein.“

Sie lacht und bei der Mondgöttin ihr Lachen ist anstecken. Ich hebe sie hoch und zum ersten Mal schlingt sie ihre Arme um mich und bettet ihren Kopf auf meiner

Schulter. Ich möchte das diesen Moment auskosten und ich möchte sie nicht mehr loslassen.

„Komm kleine Rose lass uns schlafen gehen, Saren ist bestimmt sauer."

Wir laufen verschlungen die Treppe hinauf und Saren steht in der Tür.

„Ich dachte ihr kommt gar nicht mehr zurück."

Unsere liebe Zeyna hat sich hier oben schlafen gelegt, weil ihr in der Küche beschäftigt wart. Katelyn läuft rot an und ich weiß wie peinlich es ihr ist.

„Entschuldige bitte, aber ich musste sie ja bestrafen, weil sie weggelaufen ist."

Saren grinst denn er hat genau mitbekommen was wir in der Küche getrieben haben und spätestens bei ihrem schrei weiß das ganze Haus was wir getrieben habe und ich bin stolz auf sie, dass sie so viel zulässt auch wenn sie es nicht zugeben will. Diese kleinen Gesten bedeuten mit so viel das ich ihr alle Zeit der Welt gebe bis sie sich öffnet und bereit für uns ist.

„Dann lass uns schlafen gehen in wenigen Stunden ist Milou da und nimmt Kate mit."

Ich fühle mich nicht wohl dabei sie alleine zu lassen aber wir werden nicht weit entfernt sein und können eingreifen, wenn sieerneut versucht weg zu laufen. Sie werden an den kleinen See gehen der nicht weit entfernt ist vom Rudelhaus also wird sie nicht wie bei ihrem Spaziergang heute nah an die Grenzen kommen und sie wieder in Gefahr bringen. In der Hoffnung das morgen ein besserer Tag wird legen wir uns gemeinsam schlafen.

„Gute Nacht Kate, wir wünsche dir morgen viel Spaß.“

„Gute Nacht, werden wir nicht zusammen Frühstücken?“

Sie hört sich ein wenig enttäuschst an, was mich irgendwie zum Lächeln bringt aber dennoch müssen wir morgen ein Paar Geschäftliche Sachen in der Stadt erledigen und da wir wissen das Kate in guten Händen ist können wir uns darauf konzentrieren.

Am nächsten Morgen muss ich lachen denn Kate liegt Wort wörtlich auf uns ihr Kopf liegt auf meiner Brust und ihre Hüfte und ihre Beine liegen auf Saren.

„Guten Morgen Bruder, unsere kleine Raubkatze wollte kuscheln.“

Er schmunzelt denn er weiß das ihr heute, wenn sie aufwacht alles weh tun wird von ihrer Schlafposition. Ich schiebe sie ganz sanft von mir um sie nicht zu wecken und lege ein Kissen unter ihren Kopf und stehe auf. Sie sieht so friedlich aus, wenn sie schläft. Saren tut es mir gleich und wir betrachten sie noch einen kurzen Moment.

„Sie ist wunderschön und einfach so stark aber auch kratzbürstig."

Ich muss mir ein Lachen verkneifen denn ich möchte sie nicht wecken.

„Saren geh schonmal vor ich dusche schnell und komme dann runter."

Er nickt und verschwindet aus meinem Zimmer. Ich gehe duschen und mein Schwanz gibt ausnahmsweise mal ruhe, er ist wohl zufrieden was wirklich noch nie vorkam.

 *Saren*

Ich trage ein Hemd und Chinos, was eher selten vor kommt denn mein Outfit besteht meistens aus schwarzen ripped Jeans und ein schwarzer schlichten Shirt. Ich gebe mir nicht die Mühe das ich genauso spießig Rum laufe wie mein Bruder Janden der wohl gemerkt schon wieder viel zu lange braucht. Von Milou weiß ich, dass sie um halb 12 unseren Phönix abholt und an den See gehen der eine halbe Stunde entfernt ist. Ich habe ihr gesagt sie soll die Sachen mitbringen die sie brauchen da Kate einfach noch nicht fit genug ist um die lange Strecke zu überwinden. Ich habe zu Janden gesagt das ich spätestens in unserem Unterschlupf direkt in der Nähe Platz nehmen will denn ich traue den Schurken zu das sie nur darauf warten, dass sie uns Kate wegnehmen können denn die Nachricht heute Morgen war wirklich deutlich, dass sie alles daran setzen werden um uns zu Fall zu bringen und ich werde das um alles in der Welt verhindern. Sie gehört zu uns und wer ihr zu nahe kommt muss unsere Macht spüren und ich schrecke nicht davon zurück Blut zu vergießen. Janden kommt locker die Treppe runter und ahnt noch nichts davon.

"Hier lies das wir müssen uns beeilen."

Ich reiche ihm den Zettel und er liest und sein Blick wandelt sich in pure Wut, ich habe so eine Wut bisher nur erlebt als es um die Rache an unseren Eltern geht. Janden ist der vernünftigere von uns ich lasse mich von meinen Emotionen leiten aber es scheint das es heute genau umgekehrt ist.

"Beruhige dich wir müssen ein Plan haben wie wir Kate beschützen."

Er setzt sich zu mir und versucht wirklich sich unter Kontrolle zu halten aber es fällt im sichtlich schwer denn seine Augen fangen immer wieder an zu leuchten und Jade will in den Vordergrund treten.

"In wenigen Minuten treffen wir uns mit dem Alpha in der Stadt "

Er schenkt sich einen Kaffee ein und trinkt, als er die Tasse hin stellt hat er sich beruhigt.

Ich stehe auf und laufe durch das Haus in die Garage, mein Bruder folgt mir und schnappt sich einen Schlüssel von seinem Lieblingswagen ich schnappe mir den von meinem. Es kam gestern aus der Werkstatt zurück und wie aus wie neu.

"Es wird alles gut gehen da bin ich mir sicher."

Mein Bruder sieht nicht so überzeugt davon aus und ich verstehe es zu gut denn ich habe auch wirklich sorgen ob alles klappt wie wir uns es hoffen. Ich habe aber auch schon versorgt zwei unserer besten Wachen bleiben immer in unmittelbarer Nähe von den beiden. Razan wird uns begleiten denn sonst wäre er natürlich mit bei den beiden aber als unserer Beta ist er bei allen geschäftlichen Anlässen dabei und das treffen mit dem Alpha ist geschäftlich denn wir hoffen natürlich auch ein Bündnis mit ihm eingehen zu können. Sein Rudel ist zwar nicht so groß wie unseres aber es würde einen noch größeren Bereich abgrenzen in dem wir keine Sorgen haben müssen aufgrund von Angreifern.

"Nicola und Grayson passen auf die beiden auf und melden jeder kleine Bewegung im Wald und dann können wir sofort reagieren."

Endlich entspannt er sich ein wenig wenn auch nicht ganz und das werden wir auch nicht bis wir heute wieder bei ihnen sind. Ich schaue auf die Uhr und steige in meinen Wagen wir müssen jetzt wirklich los, sonst kommen wir auch noch zu spät. Wir fahren in die Stadt und der Verkehr ist einfach grauenvoll. Ich hasse London zu viele Menschen und zu wenig Platz. Pünktlich erreichen wir unser Stamm Restaurant und vor dem Eingang steht ein Mann er ist Mitte 30 und neben ihm steht eine Junge frau mit langen braunen Haaren und blonden strähnen sie wird in unserem alter sein. Wir geben dem Angestellten unsere Schlüssel und gehen auf die beiden zu.

"Guten Morgen Alpha wir sind Alpha Janden und Alpha Saren vom Dark Hunters Pack."

Wir schütteln erst seiner Gefährtin und dann ihm die Hand auch wenn er der Alpha ist und sie die Luna ist es so dass die Frau immer zuerst begrüßt wird.

"Freut mich euch kennenzulernen Janden und Saren von euch hat man sogar schon bis zu uns in die entfernten ecken Irlands gehört. Ich bin Alpha Gabriel und das ist mein Luna Mina."

Ich deute den beiden das sie vorrangehen sollen und wir betreten das Restaurant. Ich gebe dem Kellner unsere Namen und er führt uns zu einem Tisch entfernt von all den Menschen das wir uns ungestört unterhalten können. Wir geben direkt unsere Bestellung auf und warten aus unser Essen. Janden der nicht gerade entspannt wirkt wartet nicht lange um ihm die Frage zu stellen weswegen wir hier sind.

"Gabriel, es tut mir leid, dass ich so direkt bin aber nach einer Drohung heute Morgen gegenüber unserer

Gefährtin möchten wir so schnell wie möglich zurück zu unserem Rudel. Wie haben sie es geschafft das Mina die Markierung überlebt hat?"

Gabriel nickt verständnisvoll Trotz das Janden so direkt war und das kann wirklich nicht jeder aber ich weiß das die ganze Insel weiß das es äußerst selten ist das Zwillings Alphas eine Gefährtin finden.

"Nun Janden ich verstehe es und ich würde vorab gerne meine Hilfe anbieten, ich habe im kleinen Umkreis Dutzend Leute die auch bereit sind einem Verbündeten zu helfen."

Jetzt bin ich tatsächlich ein wenig sprachlos, wir müssen einen wirklich guten Ruf haben das uns ein Alpha die Bündschaft anbietet auch wenn wir nicht verhandelt haben und das bedeutet uns wirklich sehr viel.

"Zu deiner Frage, Mina ist kein Mensch mehr sie wurde vor nicht ganz einem Jahr von mir verwandelt nachdem sie schwer verletzt wurde. Ich habe sie nach nicht mal einem Tag markiert ich konnte meinen Wolf kaum beruhigen und ich war nicht so schlau mich zu informieren. Die ersten stunden ging es ihr gut doch dann wurde ihr Körper immer schwächer und ich wollte sie verwandeln aber das hätte sie nicht überlebt, weil sie so schwach war also habe ich überlegt und habe ihr stündlich eine kleine Menge Blut von mir gegeben und das über drei Tage. Es war wirklich eine Kräfte zehrende Prozedur denn ich durfte ihr auch keinen Fall zu viel geben. Nach dem zweiten Tag fing Minas Körper an sich zu erholen und ich hatte Hoffnung, dass sie es schaffen würde. Es hat einen Monat gedauert bis sie wieder ganz fit war."

Diese Worte zu hören gibt uns Hoffnung aber macht uns zugleich Angst denn wir sind uns sicher, dass wir sie nicht beide gleichzeitig markieren können und ich bin mir sicher das Smaragd durchdrehen wird, wenn es einen Monat warten muss sie zu markieren nachdem Janden sie markiert. Aber ich nehme das in kauf denn Kate gehört zu uns und ich will nicht, dass es ihr schlecht geht. Genau in dem Moment bekommen wir unser Frühstück und man kann sagen wir essen wie Tiere denn wir wollen zurück und auch Gabriel und Mina spüren unsere Anspannung denn er tippt etwas auf seinem Handy und nur wenige Minuten später fahren sechs schwarze Vans vor.

"Du kannst meinen Wagen haben aber sein nett zu ihm es ist ein Oldtimer, Saren fährt bei mir mit."

Gabriel und Mina bewundern meinen Mustang und ich weiß das sie sich freue damit zu fahren. Männer bleiben immer Kinder nur das Spielzeug wird größer. Wir steigen ein und Razan geht zu dem vordersten Van und setzt sich auf den Beifahrer. Als Gruppe fahren wir aus der Stadt und fädeln uns in den Verkehr.

Nach einem ausgiebigen Frühstück mit Milou und Grayson und Nicola gehen wir gesättigt zum See. Milou hat mir erzählt das Janden und Saren eine Drohung von dem Anführer der Schurken bekommen hat und wir somit zwei Wächter bekommen haben die die Umgebung im Auge behalten und aber nicht belästigen. Vor einer Woche habe ich mir nur um meine Rechnungen Sorgen gemacht und jetzt muss ich mir Gedanken machen ob ich den Tag überlebe. Ich schiebe den Gedanken beiseite und freue mich auf den Tag. Milou hat mir einen Block und eine Ledermappe mit Bleistiften jeglicher Härte mitgebracht. Am See bin ich sprachlos es ist wunderschön und ringsum von Bäumen umgeben und es gibt eine kleine Sitzecke mit einem Tisch und Liegestühlen.

"Wow hier ist es einfach wunderschön, hier könnte ich für immer bleiben."

Ich setzte mich in einen der Liegestühle und instinktiv behalte ich die Umgebung im Auge.

"Wir sind hier in Sicherheit, bisher hat es noch niemand geschafft so nah an das Rudelhaus zu gelangen."

Milou´s Wort beruhige mich ein wenig und wir widmen uns beiden unserer Zeichnung ich habe mich entschieden ein Portrait von meinem beiden Entführern zu zeichnen. Frag mich nicht warum, aber mir ist gerade einfach danach. Nach einer Stunde blicke ich zu Milou und sie ist wirklich eingeschlafen. Ich wecke sie auch nicht denn sie hatte nicht gerade viel Schlaf. Die Zeit vergeht und die Mittagssonne ist heiß. Ich beschließe mir ein wenig Zeit zu gönnen und lege mich hin und schließe die Augen. Milou hatte recht man merkt von den beiden Wachleuten überhaupt nicht und ich fühle mich frei auch wenn ich spüre das ich beobachtet werde. Ich spüre nicht wie ich hochgehoben werde und mir etwas gespritzt wird, also ich wach werde ist es zu spät denn schon verliere ich das Bewusstsein. Verdammt, was ist denn bitte hier los, wo ist Nicola oder Grayson. Alles wird schwarz und wieder mal weiß ich nicht wohin es geht, aber dieses Mal weiß ich eins ich sollte wirklich Angst haben. Ich weiß nicht wie lange ich Bewusstlos bin aber als ich wach werde bin ich nicht mehr an dem sonnigen See, sondern bin ich inmitten eines dunklen Waldes, wie spät ist es denn geht die Sonne schon unter.

"Du bist wach, meine Späher haben nicht untertrieben als sie gesagt haben, dass du eine wunderschöne Frau bist."

Eine tiefe, unheilvolle Stimme dringt von hinten in mein Ohr. Auch wenn diese Stimme ein Kribbeln in mir verursacht, habe ich Angst.

"Wer bist du, was willst du von mir?"

Er lacht und wenn ich keine Angst habe, dann jetzt, es ist kein freundliches Lachen, es ist ein grausames drohendes Lachen.

"Ich bin Azuro und du kleine Diamond wirst meine Königin."

Bitte wie hat er mich genannt, ich bin alles nur garantiert nicht seine Königin. Diese Wölfe sind echt nicht mehr zu retten, ich muss lachen denn diese Situation ist so absurd und doch muss ich lachen obwohl ich um mein Leben renne sollte aber mein Körper weiß, dass keinen Sinn haben wird, wenn ich abhaue also bleibe ich genau hier sitzen auf dem kalten Waldboden der mit Moos übersät ist. Ich hoffe das Janden und Saren mich früh genug finden denn wer weiß wo dieser Arsch mich hinbringen wird und das was ich weiß ist das Wölfe einen guten Geruchssinn haben und lange die Fährte riechen können also vielleicht habe ich Glück und sie finden mich. Ich Rühre mich nicht und warte was passiert. Ich höre Schritte und dann sehe ich ihn vor mir er ist ein muskulöser Mann kleiner als meine Gefährten aber größer als ich. Er hat Oberarme so dick das ich sie Oberschenkel nenne obwohl sein Gesicht im dunklen liegt strahlen seine Augen in einem Bernstein Ton. Ich schaue ihn an und warte was als nächstes kommt. Er kniet sich hin und packt mein Kinn und zwingt mich ihn anzusehen.

"Jetzt hör mir mal gut zu, wenn du machst was ich sage kann das für dich gut enden, wenn nicht werde ich ziemlich ungemütlich."

Ich habe es gewusst diese gespielte Freundlichkeit hat einen Haken und ich muss vorsichtig sein mit dem was ich sage oder tue denn nur so habe ich ein Chance zu entkommen und das ist das was ich will. Es wird still und ich höre meinen eigenen Atem, auf was wartet der denn bitte, schöner wird es nicht werden.

"Auf was warten wir denn?"

Ich kann nicht einfach hier rumsitzen und warten das etwas passiert denn das macht mich einfach verrückt. Er macht keine Anstalten mir zu antworten und das macht mich rasend vor Wut.

"Wir warten auf meine Männer die sichern die Gegend das keiner von diesem dreckigen Rudel auf die Idee kommt uns zu folgen, sie wissen das du das Gebiet verlassen hast."

Also wenn sie es wissen, werden es auch Janden und Saren wissen und sie werden sich hoffentlich auf die Suche nach mir machen. Es muss sein denn ich will so nicht enden, ich will leben. Mein Leben lang habe ich immer alles dafür getan mein Ziel zu erreichen und das werde ich mir nicht von so ein Paar dahergelaufenen Hunden kaputt machen lassen. Ich muss mir einen Plan zurecht legen denn mit Schnelligkeit komme ich nicht weit und ich kenne die Gegend auch nicht, zudem ist es wirklich dunkel geworden. Unauffällig schaue ich mich um und hoffe etwas zu finden an dem ich mich orientieren kann. Ich kneife die Augen zusammen und in einer Entfernung kann ich Lichter erkennen, lichter von Häusern oder Laternen. Sind wir in der Nähe der Stadt, das könnte meine Chance sein Schutz zu finden.

"Azuro ich muss mal für kleine Mädchen, ich würde gerne hinter den dickeren Baum da gehen."

Er schaut mich an und forscht nach irgendeinem Zeichen das ich weglaufen will aber was er nicht weiß ich bin gut darin meine Gedanken und Gefühle zu verbergen, wenn es sein muss und in diesem Moment ist es sehr wichtig.

"In Ordnung ich gebe dir 5 Minuten bevor ich dich eigenhändige hole."

Puuh fünf Minuten sind nicht viel aber genug um mich zu verstecken denn es gibt genug Windungen und Höhlen und wenn ich es mache wie gestern habe ich gute Chancen das ich nicht so schnell gefunden werde. Ich gehe hinter den Baum und Blicke mich um keine paar Meter entfernt entdecke ich das nachdem ich gesucht habe. Ich schleiche leise hin und verstecke mich. Ein Loch im Boden was ein Stück weiter runter führt und somit bin ich Geschützt das ich gesehen werde. Das ganze Laub und Moos und Geäst decke ich so über das Loch das ich Luft bekomme aber es wird verhindern das sie mich riechen. Meine Jacke die ich anhabe habe ich in eine andere Richtung geworfen das sie es noch weniger leicht haben.

"Ich hoffe du bist fertig kleine Diamond, ich komme um dich zu holen denn wir wurden schneller gefunden als gedacht und keiner meiner Männer ist hier."

Was soll das bedeuten er ist alleine gegen meine Gefährten und seinen Leuten. Ich lausche seinen Schritten und bewege mich nicht und atme ganz flach das er mich auch so nicht hört.

"Verdammt du Schlampe wo bist du hin, ich werde dich finden."

Er ist wirklich Sauer und ich drücke mich weiter in die

Ecke des Lochs und gebe keinen Laut von mir. Auch wenn ich geschützt bin heißt es nicht das er mich nicht finden kann. Leider weiß ich nicht viel über die Fähigkeiten eines Wolfes.

"Azuro Wo ist sie, sag mir sofort was du mit ihr gemacht hast."

Ich kenne diese Stimmt sie kommt von Janden, kurz wollte ich schon aus meinem Versteck kommen aber da ich nicht weiß wie weit sie entfernt sind bleibe ich an Ort und Stelle.

"Sie ist weggelaufen und sie ist wirklich gut sich zu verstecken, ich kann ihre Fährte nur schwach wahrnehmen."

"Das liegt daran Azuro das abtrünnige Wölfe mit den Jahren ihre Fähigkeiten verlieren bis sie nur noch verwandeln können und ihnen sonst nichts mehr bleibt."

Ich höre Schritte neben mir aber sie sind leichter, eleganter als die von Azuro. Ich bleibe dennoch da wo mich keiner sehen kann.

"Kate ich weiß das du hier bist, komm wir bringen dich nach Hause."

Es ist Jandens sanfte Stimmt die mich beruhigt und ich

traue mich aus meinem Versteck heraus zu kommen.

"Wie hast du mich denn gefunden."

"Auch wenn du ein Mensch bist besteht zwischen uns das Gefährten Band und dadurch finde ich dich egal wo du bist."

Erleichtert lasse ich mir aus dem Loch helfen und falle in seine Arme. Ich wollte gestern nichts sehnlicher als Weg von ihm aber die Zeit zeigt mir das egal wie sehr sie mich schlagen sie helfen mir immer auf und sorgen sich um mich.

Janden

Ich habe sie gefunden und es geht ihr gut, sie zittert aus Angst und Kälte aber auch das stört mich nicht. Es stört mich das Azuro es geschafft hat zu überleben nachdem ich ihn vor einem Jahr eigenhändig ermordet habe. Aber da er heute noch lebt wird es mir umso mehr eine Freude sein ihm mithilfe meines Bruder und Gabriel für immer zu erledigen.

"Du hast sie gefunden, es stimmt also das sie eure Gefährtin ist und das Band euch immer zusammenfinden lässt."

Die schmutzigen Worte von Azuro entfachen wieder eine Wut in mir und ich habe Mühe sie zu unterdrücken.

"Saren ich möchte das du Kate zurück ins Rudelhaus bringst, Milou wird schon verrückt sein vor Sorgen."

Ich laufe vorsichtig zu Saren es sind nur wenig Meter und es sind genügen Leute da um Azuro aufzuhalten. Ich bin schwach und mir ist kalt und ich bin müde durch die Schmerzen die sich immer mehr bemerkbar machen. Nur einen Moment stoppe ich um Luft zu holen und bevor ich reagieren kann werde ich umgeworfen. Eine Wucht trifft mich und ich falle zu Boden. Ich schaue woher es kommt und entdecke einen Brauchen Wolf in meiner Nähe mit Bernstein farbenen Augen, Azuro, er hat mich gewarnt mich umzubringen aber sein versuch ist gescheitert. Sekunden später liegt der imposante Wolf vor mir mit Matten Augen die vor Triumph nur so trotzen aber warum, ich lebe noch und mir geht es auch gut. Ich will aufstehen doch ich sacke immer wieder in mir zusammen. Was ist denn nur los warum tut mein Rücken so weh.

"Kleine Kate bleib ruhig, wir werden dir helfen."

Er muss mich erwischt haben als er auf mich zugesprungen ist, aber es ist kein Grund zur Sorge mir geht es gut und hätte ich nicht diese Schmerzen würde ich auch aufstehen. Saren hebt mich hoch und ist vorsichtig, so vorsichtig das ich glaube das er Angst hat mich zu zerbrechen. Warum versteht denn keiner das es mir gut geht das ich nur etwas gegen die Schmerzen brauche.

"Wie fühlst du dich Katelyn, Janden und Saren haben mir schon viel über dich erzählt."

Neben uns läuft ein Mann der etwas älter ist als Janden und Saren, ist es der Alpha von dem die beiden gesprochen haben. Ich will ihn Fragen doch dann fängt sich alles in meinem Kopf an zu drehen. Ich muss dringend schlafen, die letzten Stunden waren anstrengend und ich will so etwas erstmal nicht mehr erleben. Ich schließe in immer kürzer werdenden Abständen die Augen auch wenn ich mit aller Macht versuche wach zu bleiben. Die Schmerzen wandeln sich in ein Brennen was durch meinen ganzen Körper wandert, ich habe das Gefühl ich stehe in Flammen.

"Bleib bei mir Kate, du musst stark bleiben. Janden das Gift verbreitet sich schnell in ihrem Körper, wir müssen zurück."

Was für ein Gift und was soll das bedeuten, werde ich sterben. Ich bekomme nicht mehr viel mit denn alles wird schwarz und ich muss sagen ich hasse diese Dunkelheit aber in diesem Moment ist es eine Befriedigung und ich möchte das es nie wieder aufhört, aber ich höre sie rufen sie wollen das ich bei ihnen bleibe. Mit aller Kraft die ich noch aufbringen kann versuche ich meine Augen zu öffnen aber es ist einfach so schwer. Mein Körper wird schwer und ich lasse die Dunkelheit zu denn sie ist so friedlich und ich spüre nichts. Ich lausche den Schlägen meines Herzens und kämpfe nicht dagegen an.

Janden

Verdammt, wir müssen uns beeilen, wir haben nicht lange Zeit bevor wir sie verlieren. Wenn ich nicht schon in Stücke gerissen hätte dann würde ich es jetzt tun.

"Wir müssen uns beeilen und sie behandeln. Gabriel was können wir für sie tun."

Er nimmt sich einen Moment und ich hoffe es gibt noch einen anderen Weg außer sie zu verwandeln, denn das würde sie einfach nicht schaffen. Ihr fehlt die Energie die sie bekommt, wenn wir sie markiert hätten.

"Versucht ihm immer wieder Blut von euch zu geben, und es ist wichtig das ihr die Wunde reinigt und immer wieder überprüft ob sie Infektionen bekommt."

Das ist ein Plan und ich werde alles dafür tun das sie es schafft, wir hatten einfach zu wenig Zeit und ich bin nicht bereit sie zu verlieren. Wir erreichen das Rudelhaus und ich bringe sie in den Krankenflügel wo schon ein Team aus Ärzten und Pflegern wartet. Ich lege sie auf den kalten tisch und die Ärzte beginnen mit der Arbeit, sie drehen sie auf den Bauch und reinigen die Wunde und spülen sie aus, sie legen sterile Kompressen darauf und tränken diese mit einem Antibiotikum.

"Wird sie es schaffen, kann sie es schaffen?"

Ich bin unsicher und das macht mir Angst ich bin ein willensstarker Mann und jetzt habe ich Angst um meine Gefährtin. Ich wende mich ihr zu und gebe ihr die Dosis meines Blutes und ich hoffe das es Hilft und es ihr bald besser geht. Sie liegt da auf ihrem Rücken und eine Maschine hilft ihr beim Atmen. Der Anblick bringt mich fast zum Weinen.

"Ich beginne und gehe dann etwas essen das ich nicht zu schwach werde."

Saren ist im Moment weit entfernt denn er weißt nicht ob es sein Phönix schaffen wird und ich bin mir auch nicht mehr so sicher das alles klappt.

"In Ordnung ich werde bei Kate bleiben und sie beobachten. Ich möchte an ihrer Seite sein, Sie liegt da in diesem Riesen Bett so zierlich aus und ein Riesen Schlauch der in ihrer Lunge endet Atmet für sie denn keiner weiß wann oder wird sie jemals wieder aufwachen und ich möchte der erste sein den sie sieht, wenn sie die Augen öffnet. Sie bekommt die erste Dosis Blut und Saren verschwindet um etwas zu essen aber anstatt in der Küche zu essen kommt er zurück und setzt nicht neben mich. Es vergehen stunden und wir wechseln uns ab mit den Blut Transfusionen und immer wieder kommt ein Arzt und schaut wegen ihrer Wunde.

"Sie sieht gut aus, die schnelle Behandlung hat verhindert das es sich auch noch infiziert."

Diese Worte beruhigen mich und Saren sehr und dennoch liegt sie nur da und macht nichts. Die Zeit vergeht und es passiert weniger sie brauch einfach ruhe und sie wacht auch nicht auf. Tag vergehen und es gibt keine Veränderung an dem Zustand von Kate. Was soll ich machen ich kann nicht einfach nur zusehen aber es gibt aber auch nichts wie ich ihr helfen kann also sitze ich jeden Mittag mit Saren an ihrem Bett und streicheln sie! Ich habe den Arzt mal gefragt, wie lange es dauert, bis sie aufwacht und dieser hat gesagt das es auch wichtig ist wie sehr sie es will und ich hoffe einfach, dass sie noch nicht bereit ist zu gehen. Ich bin noch nicht bereit sie gehen zu lassen, sie soll die Möglichkeit haben sich in uns zu verlieben und nicht mit dem Gedanken zu sein, dass sie das ganze niemals wollte.

Eine Woche später habe ich alle Mitglieder versammelt und eigentlich wollten wir das tun, wenn sie an unserer Seite ist aber sie kann die Kraft von uns allen gebrauchen um wieder gesund zu werden. Sie soll wissen das unser ganzes Rudel hinter ihr steht und sie darauf warten sie zu umarmen und ihr herzliches lächeln zu sehen. An diesem Tag war jedes einzelne Mitglied bei ihr im Zimmer und hat etwas über sich erzählt und hat ihr gesagt das sie zurückkommen soll. Ich vermisse sie und nachdem Azuro nun endlich tot ist haben wir auch die Wachen verringert denn jeder braucht nach diesem Erlebnis Momente für sich.

Danksagung

In erster Linie möchte ich mich bei meinem großartigen Bloggerteam bedanken ohne euch wäre ich oft mal verzweifelt.

Ein weiters Dankeschön geht an meine besten Anne und Sophie, ihr habt mir Mut zugesprochen, wenn ich aufgeben wollte oder es mir einfach zu chaotisch wurde.

Mein letzter Dank gilt meinem Druckmeister Frank ohne dich hätte ich die tolle Fanart nicht in den Händen.

Wie es weiter geht

Nachwort von Saren:

Das darf nicht sein, wie konnte es denn so weit kommen. Es ist meine Schuld das es ihr jetzt so geht, ich hätte niemals mitfahren dürfen. Ich hätte sie niemals ohne unsere Aufsicht nach draußen lassen sollen, aber ich wollte das es ihr gut geht und jetzt, jetzt liegt sie bereits seit zwei Wochen im Koma. Ihr Wunde ist verheilt und doch wacht sie nicht auf. Janden und ich sind auch nicht mehr ganz bei Kräften, weil wir ihr kleine Mengen von unserem Blut geben.

„Wach auf Kate, wir brauchen dich hier."

Ich streichele ihr über den Kopf und halte ihre Hand. Eine Träne läuft mir über das Gesicht, ich bin nicht bereit sie zu verlieren.

„Wie geht es ihr denn heute?"

Alpha Gabriel ist seit dem Mord an Azuro bei uns geblieben und steht uns bei. Er und seine Gefährtin haben ihren eigenen Bereich.

„Unverändert, der Arzt meinte ihre Blutwerte sind im Normalbereich."

„Sie wird aufwachen, sie brauch einfach nur Zeit und Ruhe."

Ich hoffe es wirklich, wir schlafen kaum und Janden hat sich in die Arbeit vertieft und läuft sogar Wache. Ich bin die meiste Zeit bei Kate, wenn Milou nicht gerade bei ihr ist. Ihr muss es einfach wieder gut gehen, wir haben noch so viel vor und am nächsten Vollmond findet die Zeremonie von Razan und Milou statt, sie würde es sich nie verzeihen das Erlebnis zu verpassen.

Folgt mir gerne auf Tik Tok, bereits nächstes Jahren werden drei neue Projekte von mir erscheinen.

Ihr könnt gespannt sein auf die Fortsetzung von meiner Dark Romantasy Reverse Harem Reihe Moonlight Captivitiy euch erwartet Spannung und Leidenschaft und besonders viel Spice wenn ihr jetzt schon total mitgerissen seit von der Geschichte dann könnt ihr euch bereits im April auf den zweiten Band freuen der passend zu Ostern erscheinen wird.

Ihr seit nicht die großen Fantasie Fans aber liebt die Dunkle seite der Romantik dann erscheint nächstes Jahr der Auftagt einer Four Sessons Mafia Romance Reihe.

Und zu guter letzt erscheint für meine kleinen Leser ein Kinder Fantasy Buch mit Handgezeichneten Illustrationen und eine Story um eine kleine Elfe die entdeckt wer sie wirklich ist.